千년의 우리소설 5

세상을 흘겨보며 한번 웃다

천년의 우리소설 5
풍자와 웃음

박희병·정길수 편역

2010년 6월 28일 초판 1쇄 발행
2022년 6월 3일 초판 3쇄 발행

펴낸이 한철희 | 펴낸곳 돌베개 | 등록 1979년 8월 25일 제406-2003-000018호
주소 (10881) 경기도 파주시 회동길 77-20 (문발동)
전화 (031) 955-5020 | 팩스 (031) 955-5050
홈페이지 www.dolbegae.co.kr | 전자우편 book@dolbegae.co.kr

책임편집 이경아·이옥란 | 편집 조성웅·좌세훈·소은주·권영민·김태권·김혜영
표지디자인 민진기디자인 | 본문디자인 이은정·박정영
제작·관리 윤국중·이수민 | 마케팅 심찬식·고운성
인쇄 한영문화사 | 제본 경인제책사

ⓒ 박희병·정길수, 2010

ISBN 978-89-7199-393-4 04810
ISBN 978-89-7199-282-1 (세트)

이 도서의 국립중앙도서관 출판시도서목록(CIP)은 e-CIP 홈페이지
(http://www.nl.go.kr/cip.php)에서 이용하실 수 있습니다.(CIP제어번호: CIP2010002132)

천년의 우리소설 5

세상을 훑어보며 한 번 웃다

- 이홍전
- 오유란전
- 금강산의 신선놀음
- 환관의 아내
- 호질
- 양반전
- 요로원야화기

박희병 · 정길수 편역

돌베개

간행사

이 총서는 위로는 신라 말기인 9세기경의 소설을, 아래로는 조선 말기인 19세기 말의 소설을 수록하고 있다. 즉, 이 총서가 포괄하고 있는 시간은 무려 천 년에 이른다. 이 총서의 제목을 '千년의 우리소설'이라 한 이유가 여기에 있다.

근대 이전에 창작된 우리나라 소설은 한글로 쓰인 것이 있는가 하면 한문으로 쓰인 것도 있다. 중요한 것은 한글로 쓰였는가 한문으로 쓰였는가 하는 점이 아니다. 오늘날의 관점에서 볼 때 그런 것은 그다지 중요하지 않다. 정말 중요한 것은 문예적으로 얼마나 탁월한가, 사상적으로 얼마나 깊이가 있는가, 그리하여 오늘날의 독자가 시대를 뛰어넘어 얼마나 진한 감동을 받을 수 있는가 하는 점일 터이다. 이 총서는 이런 점에 특히 유의하여 기획되었다.

외국의 빼어난 소설이나 한국의 흥미로운 근현대소설을 이미 접한 오늘날의 독자가 한국 고전소설에서 감동을 받기란 쉬운 일이 아니다. 우리 것이니 무조건 읽어야 한다는 애국주의적 논리는 이제 더 이상 통하지 않는다. 과연 오늘날의 독자가 『유충렬전』이나 『조웅전』 같은 작품을 읽고 무슨 감동을 받을 것인가. 어린 학생이든 혹은 성인이든, 이런 작품을 읽은 뒤 자기대로 생각에 잠기든가, 비통함을 느끼든가, 깊은 슬픔을 맛보든가, 심미적 감흥에 이르든가, 어떤 문제의식을 환기받든가, 역사나 인간에 대한 이해를 증진시키든가, 꿈과 이상을 품든가, 대체 그럴 수 있겠는가? 아마 그렇지 못할 것이다. 그럼에도 이런 종류의 작품은 대부분의 한국 고전소설 선집 속에 포함되어 있으며, 중고등학교에서도 '고전'으로 가르치고 있다. 그러니 한국 고전소설은 별 재미도 없고 별 감동도 없다는 말을 들어도 그닥 이상할 게 없다. 실로 학계든, 국어 교육이나 문학 교육의 현장이든, 지금껏 관습적으로 통용되어 온 고전소설에 대한 인식을 전면적으로 재검토해야 할 시점에 이르렀다. 이 총서는 이런 문제의식에서 출발한다.

 이 총서가 지금까지 일반인들에게 그리 알려지지 않은 작품들을 많이 수록하고 있음도 이 점과 무관치 않다. 즉, 이는 21세기의 한국인들에게 어필할 수 있는 새로운 한국 고전소설의 레퍼토리를 재구축하려는 시도인 것이다. 이 점에서 이 총서는 그렇고 그런 기존의 어떤 한국 고전소설 선집과도 다르며, 아주 새롭다. 하지만 이 총서는 맹목적으로 새로움을 위한 새로움을 추구하지는 않았으며, 비평적 견지에서 문예적 의의나 사상적·역사적 의의가 있는 작품을 엄별해 수록하였다. 그리하여 우리는 이 총서를 통해, 흔히 한국 고전소설의 병폐로 거론되어 온, 천편일률적이라든가, 상투적 구성을 보인다든가, 권선징악적 결말로 끝난다든가, 선인과 악인의 판에 박힌 이분법적 대립으로 일관한다든가, 역사적·현실적 감각이 부족하다든가, 시공간적 배경이 중국으로 설정된 탓에 현실감이 확 떨어진다든가 하는 지적으로부터 퍽 자유로운 작품들을 가능한 한 많이 독자들에게 소개하고자 한다.

  그러나 수록된 작품들의 면모가 새롭고 다양하다고 해서 그것으로 충분한 것은 아닐 터이다. 한국 고전소설, 특히 한문으로 쓰인 한국 고전소설은 원문을 얼마나 정확하면서도 쉽고 유려한 현대 한국어로 옮길 수 있는가의 여부에 따라 작품의 가독성은 물론이려니와 감동과 흥미가 배가될 수도 있고 반감될 수도 있다. 이 총서는 이런 점에 십분 유의하여 최대한 쉽게 번역하기 위해 많은 고심을 하였다. 하지만 쉽게 번역해야 한다는 요청이, 결코 원문을 왜곡하거나 원문의 정확성을 다소간 손상시켜도 좋음을 의미하지는 않는다. 이런 견지에서 이 총서는 쉬운 말로 번역해야 한다는 하나의 대전제와 정확히 번역해야 한다는 또 다른 대전제—이 두 전제는 종종 상충할 수도 있지만—를 통일시키기 위해 많은 노력을 기울였다.

한국 고전소설에는 이본異本이 많으며, 같은 작품이라 할지라도 이본에 따라 작품의 뉘앙스와 풍부함이 달라지는 경우가 비일비재하다. 그뿐 아니라 개개의 이본들은 자체 내에 다소의 오류를 포함하고 있다. 따라서 하나하나의 작품마다 주요한 이본들을 찾아 꼼꼼히 서로 대비해 가며 시시비비를 가려 하나의 올바른 텍스트, 즉 정본定本을 만들어 내는 일이 대단히 긴요하다. 이 작업은 매우 힘들고, 많은 공력功力을 요구하며, 시간도 엄청나게 소요된다. 이런 이유 때문이겠지만, 지금까지 고전소설을 번역하거나 현대 한국어로 바꾸는 일은 거의 대부분 이 정본을 만드는 작업을 생략한 채 이루어져 왔다. 하지만 정본 없이 이루어진 이 결과물들은 신뢰하기 어렵다. 정본이 있어야 제대로 된 한글 번역이 가능하고, 제대로 된 한글 번역이 있고서야 오디오 북, 만화, 애니메이션, 드라마, 영화 등 다른 문화 장르에서의 제대로 된 활용도 가능해진다. 뿐만 아니라 정본에 의거한 현대 한국어 역譯이 나와야 비로소 영어나 기타 외국어로의 제대로 된 번역이 가능해진다. 이런 점에서 본다면 작금의 한국 고전소설 번역이나 현대화는 대강 특정 이본 하나를 현대어로 옮겨 놓은 수준에 머무는 것이라는 한계를 대부분 갖고 있는바, 이제 이 한계를 넘어서야 할 시점에 이르렀다. 이 총서에 실린 대부분의 작품들은 2년 전에 내가 펴낸 책인 『한국한문소설 교합구해校合句解』에서 이루어진 정본화定本化 작업을 토대로 하고 있는바, 이 점에서 기존의 한국 고전소설 번역서들과는 전적으로 그 성격을 달리한다.

나는 『한국한문소설 교합구해』의 서문에서, "가능하다면 차후 후학들과 힘을 합해 이 책을 토대로 새로운 버전version의 한문소설 국역을 시도했으면 한다. 만일 이 국역이 이루어진다면 이를 저본으로 삼아 외국어로의 번역 또한 생각해 볼 수 있을 것이다"라고 말한 바 있다. 바야흐로, 한국 고전소설을 전공한 정길수 교수와의 공동 작업으로 이 총서를 간행함으로써 이런 생각을 실현할 수 있게 되어 대단히 기쁘게 생각한다.

이제 이 총서의 작업 방식에 대해 간단히 언급해 두고자 한다. 이 총서의 초벌 번역은 정교수가 맡았으며 나는 그것을 수정하는 작업을 하였다. 정교수의 노고야 말할 나위도 없지만, 수정을 맡은 나도 공동 작업의 취지에 어긋나지 않게 최선을 다했음을 밝혀 둔다. 한편 각권의 말미에 첨부한 간단한 작품 해설은, 정교수가 작성한 초고를 내가 수정하며 보완하는 방식으로 작업하였다. 원래는 작품마다 그 끝에다 해제를 붙이려고 했는데, 너무 교과서적으로 비칠 염려가 있는 데다가 혹 독자의 상상력을 제약할지도 모르겠다는 생각이 들어 이런 방식으로 바꾸었다.

이 총서는 총 16권을 계획하고 있다. 단편이나 중편 분량의 한문소설이 다수지만, 총서의 뒷부분에는 한국 고전소설을 대표하는 몇 종류의 장편소설과 한글소설도 수록할 생각이다.

이 총서는, 비록 총서라고는 하나, 한국 고전소설을 두루 망라

하는 데 목적이 있지 않다. 그야말로 '千년의 우리소설' 가운데 21세기 한국인 독자의 흥미를 끌 만한, 그리하여 우리의 삶과 역사와 문화를 주체적으로 돌아보고 성찰하는 데 도움이 될 만한, 그럼으로써 독자들의 심미적審美的 이성理性을 충족시키고 계발하는 데 보탬이 될 만한 작품들을 가려 뽑아, 한국 고전소설에 대한 인식을 바꾸고 확충하고자 하는 것이 본 총서의 목적이다. 만일 이 총서가 이런 목적을 어느 정도 달성했다는 평가를 받게 된다면 영어 등 외국어로 번역하여 비단 한국인만이 아니라 세계 각지의 사람들에게 읽혀도 좋지 않을까 생각한다.

2007년 9월
박희병

차례

간행사 4
작품 해설 203

- 이홍전 | 이옥 13
- 오유란전 | 춘파산인 29
- 금강산의 신선놀음 | 안서우 79
- 환관의 아내 | 임매 99
- 호질 | 박지원 113
- 양반전 | 박지원 129
- 요로원야화기 | 박두세 139

이홍전

이옥

옛날 사람들은 순박했지만, 요즈음 사람들은 꾀바름을 숭상한다. 꾀바름은 교묘함을 낳고, 교묘함은 거짓을 낳고, 거짓은 속임수를 낳는다. 속임수가 탄생하기에 이르니 세상 살아가는 법 역시 어려워졌다.

서울 서대문에 큰 시장이 있다. 시장에는 가짜 물건을 파는 자가 수두룩하다. 가짜 물건이란 게 무엇인고 하니, 백동[1]을 은銀이라고 한다거나, 염소 뿔을 대모[2]라고 한다거나, 족제비 가죽을 담비 가죽이라고 속이는 식이다.

실은 부자간이나 형제간이면서 서로 거래를 하는 척 물건 값을 흥정하며 맹세코 밑지는 장사라느니 어쩌니 왁자지껄 떠들어댄다. 그러면 곁에서 그 광경을 지켜보던 촌사람은 참말로만 여기

1. 백동白銅 구리와 니켈의 합금. 은백색으로 동전이나 장식품을 만드는 데 쓴다.
2. 대모玳瑁 열대지방에 사는 바다거북의 등껍데기. 고급 장식품으로 사용한다.

고 앞사람이 흥정하던 값을 그대로 주고 물건을 산다. 물건 판 자가 셈을 해 보면 열 배, 백 배의 이문이 남는다.

시장에는 또 소매치기가 섞여 있다. 이 자들은 남의 가방 속에 뭐가 들어 있나 엿보다가 예리한 칼로 가방을 갈라 물건을 훔친다. 도둑맞은 걸 깨닫고 뒤쫓으면 소매치기는 요리조리 돌아 젓갈 파는 골목으로 달아나는데, 골목이란 몹시 좁고 굽이굽이 갈림길이 많은 법, 거의 잡을 듯이 쫓아가면 바자[3]를 등에 진 자가 "바자 사려!"라고 외치며 나오니, 길이 막혀 더 이상 앞으로 나아갈 수가 없다. 이 때문에 시장 안으로 들어서는 사람은 전쟁에서 진을 치듯이 단단히 돈을 간수하고, 사윗감을 고르듯이 신중하게 물건을 살피고도 속임수에 걸려든다.

우리나라 백성은 예부터 순박하기로 유명했지만, 근래에는 백면선[4] 같은 무리가 사기꾼으로 악명 높다. 풍속이 날로 천박해진 결과 순박하던 사람들이 변하여 사기꾼이 된 것일까? 저 옛날 몽매한 시대에도 역시 간사하게 남을 속이는 자가 있었을까?

3. **바자** 대·갈대·수수깡 등으로 발처럼 엮거나 결은 물건.
4. **백면선白勉善** 18세기 무렵 서울에서 이름을 날렸던 사기꾼. 문헌에 따라서는 '백문선'白文善, '백명선'白明善으로 기재되어 있기도 하다.

1

　이홍李泓은 서울 사람이다. 풍채가 좋고 언변도 좋아서 처음 만나는 사람은 이홍이 사기꾼이란 걸 전혀 알아차릴 수 없다. 홍은 돈을 우습게 여기며 화려한 옷을 입고 고급 음식만 먹으며 호사스럽게 지내는 걸 좋아했지만, 그 집은 본래 가난했다.
　홍은 어느 대갓집에 가서 강에서 사업을 벌이면 큰 이익을 얻을 수 있다고 말하고는 수만금을 얻어냈다. 청천강에서 사업을 벌였는데, 날마다 소를 잡고 술을 거르게 하며 가깝고 먼 곳의 이름난 기녀들을 물색해 부르니 오지 않는 이가 없었다. 오직 안주⁵ 기녀 하나만 오지 않았다. 안주 기녀는 재주와 미모가 평안도에서 으뜸이었는데, 절도사가 그녀를 총애하여 왕명을 받아 지방을 순찰하러 온 관리라 할지라도 그 얼굴을 못 보게 할 정도였으니, 홍으로서는 접근할 방법이 없었다. 홍은 자기 무리들과 내기를 걸었다. 자신이 안주에 가서 열흘 머무는 동안 반드시 안주 기녀를 자기 사람으로 만들고 돌아오겠다는 것이었다.
　마침내 홍은 짐을 싣고 말에 올랐다. 비단 쾌자⁶를 입고 말에는 경마잡이도 없이 다만 삿갓 쓴 하인 하나만 뒤따르게 한 채 채찍

---

5. **안주安州** 평안남도 서북단에 위치한 고을.
6. **쾌자** 등솔을 길게 째고 소매 없이 만든 옷. 요즘 돌날에 아기에게 입히는 옷이 유사한 모양인데, 원래 군복의 하나였다.

을 울리며 안주성으로 들어섰다. 뭘 좀 아는 이들은 그 차림새를 보고 모두 홍이 개성의 큰 상인이라고 여겼다.

홍은 우선 안주 기녀의 집을 찾아가 숙소를 정했다. 기녀의 아비는 군교[7] 출신의 노인으로 여관을 경영하고 있었다. 홍은 이렇게 제안했다.

"내가 지금 중요한 물건을 지니고 왔으니, 여관에 다른 사람을 들이지 마시오. 여기서 내가 누구를 기다려야 하는데, 그 사람이 빨리 올지 늦게 올지 모르겠소만, 돌아가는 날 내 모든 비용을 치르겠소. 나는 본래 배탈이 잘 나는 체질이라 아침저녁 식사를 반드시 정갈하게 해 주어야 하오. 돈 걱정 말고 식대는 주인 마음대로 정하시오."

기녀의 아비가 보기에 이 사람은 틀림없는 상인이요, 말에 실린 짐이 가볍지 않고 무거운 것으로 보아서는 모두 은銀일 것 같았다. 기녀의 아비는 '이거 참 좋은 손님이로구나!' 생각하고는 방을 깨끗이 치우고 홍을 안으로 들였다.

홍은 방으로 들어가 사방을 둘러보고는 한참 눈을 찡그리고 이맛살을 찌푸리더니 하인에게 소리쳤다.

"장지를 사 와라! 사람이 하루를 살더라도 어떻게 이런 곳에

---

7. 군교軍校: 서울의 각 군영軍營에 속한 군관軍官과 지방 관아의 군무軍務에 종사하는 하급 무관의 총칭.

누울 수 있겠느냐?"

도배가 끝나자 말에 실었던 짐을 머리맡으로 옮겨 놓고는 양털 담요와 자주색 비단 이불을 펴더니 가방 안에서 커다란 장부 한 권, 주판, 작은 벼루를 꺼냈다. 그러고는 문을 닫고 하인과 함께 계산을 하는데 날이 저물도록 끝나지 않았다. 기녀의 아비가 문틈으로 엿들어 보니 비단이며 향이며 약재를 셈하는 것이었다. 기녀의 아비는 아내인 늙은 기녀와 모의했다.

"저 손님은 거상巨商이야. 우리 애를 보면 틀림없이 좋아하게 될 거고, 좋아하게 되면 필시 우리가 얻는 게 많을 테니, 절도사의 은덕보다 못할 리 있겠나?"

마침내 몰래 기녀를 불러 관아에서 나오게 했다. 기녀는 집에 도착하자 홍의 숙소 문 앞에서 절하고 말했다.

"존귀하신 손님께서 누추한 곳에 오래 머물러 계시니 작은 주인이 감히 인사드리옵니다."

홍은 황망히 사양하며 말했다.

"이러지 마시오! 여주인이 이러실 것까지야."

홍이 다시 주판을 앞에 두고 아무것도 본 게 없는 듯이 행동하자 기녀의 아비는 이렇게 생각했다.

'이 사람은 거상이라서 눈이 몹시 높은 데다 재물이 워낙 많기에 이러는 거야.'

기녀의 부친은 마침내 저녁에 조용히 사과하며 말했다.

"제 아이가 너무 못났던가요? 손님께서 너무 냉담하게 대하시는 바람에 딸아이가 지금껏 부끄러운 마음을 품고 있습니다."

홍은 기녀를 가까이할 마음이 없다며 거듭 사양하다가 마지못해 청을 들어 주는 모양을 지어 보였다. 기녀는 술과 안주를 차려 놓고 가무로 홍을 한껏 즐겁게 한 뒤에야 다행히도 잠자리를 같이 하는 데 성공했다. 기녀는 이후로 틈만 나면 손님과 만났고, 그렇게 사나흘이 지났다.

홍은 문득 눈썹을 찌푸리며 근심스러운 표정으로 주인을 불러 물었다.

"평안도에 요사이 도적떼가 있었소?"

"없었습니다."

"의주義州에서 여기 오려면 얼마나 걸리오?"

"며칠쯤 걸립지요."

"그러면 날짜가 지났군. 말이 병들었나?"

"손님께 무슨 걱정거리라도 있으신가요?"

"연경燕京(북경)에서 오는 물건이 아무 날에 압록강을 건너 아무 날에 여기 오기로 약속되어 있는데, 아직도 오지 않아 걱정이오. 얘야! 네가 서문西門에 나가 기다려 봐라."

하인은 저녁에 돌아와 물건이 오지 않았다고 아뢰었다. 홍은 이날부터 갈수록 근심이 짙어지는 것 같더니 사흘째가 되자 주인에게 이렇게 부탁했다.

"내가 나가 보지 못하는 건 중요한 물건을 가지고 있기 때문이오. 지금 주인은 나와 한가족이나 다름없지 않소. 내가 가슴이 답답한 게 곧 병이 날 것 같아서 더는 여기 앉아 기다릴 수 없소. 내 물건을 주인이 잘 간수하고 있으면 그동안 내가 밖에 나가 일이 어찌 되고 있는지 알아보고 돌아오리다."

마침내 방문을 잠가 놓고 훌쩍 가더니 샛길로 빠져 청천강에 도착했다. 과연 열흘 만에 돌아온 것이었다. 기녀의 집에서는 홍이 오래도록 돌아오지 않는 것이 의심스러워 홍의 짐을 열어 보았다. 그 속에는 물에 닳아 반들반들한 조약돌이 들어 있을 뿐이었다.

2

시골 아전 한 사람이 군포[8]를 바치는 임무를 맡아 돈 1천여 꿰미[9]를 가지고 서울에 와서 숙소를 정하려 하고 있었다. 홍은 그 아전을 데리고 자기 집으로 가더니 이렇게 꼬드겼다.

"나한테 돈을 굴릴 좋은 꾀가 있는데, 노자나 화대花代쯤은 충분

---

8. 군포軍布 병역을 면제해 주는 대신 받는 삼베나 무명.
9. 1천여 꿰미 1꿰미는 1냥. 1천 냥이면 서울의 웬만한 기와집 두 채 값이다.

히 만들어 줄 수 있소."

　아전은 좋아하며 가진 돈을 모두 맡겼다. 홍은 아침저녁으로 약간의 돈을 벌어들였다.

　열흘이 지나자 홍은 별안간 남산 경치가 기가 막히게 좋다며 떠들어 대더니, 술 한 병을 들고 아전과 함께 팽나뭇골[10] 인적 드문 곳으로 올라갔다. 홍은 병에 든 술을 혼자 다 마시고 목 놓아 슬피 울었다. 아전이 말했다.

　"술 한 병을 못 이겨 그러시오?"

　"이 아름다운 서울을 장차 버리게 생겼으니 왜 안 슬프겠소?"

　홍은 그렇게 말하고 소매에서 노끈을 꺼내 소나무 가지에 걸더니 제 목을 매려고 했다. 아전은 소스라치게 놀라 홍을 말리며 그 이유를 물었다. 홍이 말했다.

　"이게 다 당신 때문이오. 내가 남의 돈 한 푼이라도 속일 사람이겠소? 어쩌다가 남을 잘못 믿어 당신 돈을 다 날려 버렸소. 돈을 갚자니 가난해서 할 수 없고, 그냥 두자니 당신이 독촉할 게 틀림없고, 그러니 죽는 것밖에 방법이 없소. 말리지 마쇼!"

　끈에다 목을 홀치고는 뛰어내리려 하자 아전은 너무도 당황스러워 무릎을 꿇고 간청했다.

---

10. **팽나뭇골** 지금의 종로구 필동 2가에 있던 마을 이름. '팽남동'彭南洞 혹은 '팽목동'彭木洞이라고도 한다.

"죽지 마시오! 앞으로 내가 절대로 돈 얘기 안 하겠소."

"아니오. 당신이 나를 살리려고 지금 이런 말을 하는 거지만, 그건 말이지 문서가 아니니, 내가 어떻게 당신의 독촉을 피할 수 있겠소? 죽는 것밖엔 방법이 없소."

아전이 생각해 보니 죽든지 살든지 돈을 못 받긴 마찬가지요, 죽었다가는 장차 무슨 말이 있을 듯싶었다. 아전은 가방에서 급히 붓을 꺼내 이미 돈을 돌려받았다는 증서를 써 주며 죽지 말라고 애원했다. 홍이 말했다.

"당신이 이렇게까지 하니 내 어찌 죽을 수 있겠소?"

옷을 툭 털고 돌아가더니 그날 저녁에 아전을 집 밖으로 내쫓고 다시는 들어오지 못하게 했다.

법관[11]이 나중에 이 소문을 듣고 홍을 잡아들여 곤장으로 볼기 100대를 쳤다. 홍은 거의 죽을 뻔하다가 간신히 목숨을 건졌다.

3

홍이 활쏘기를 공부하기는 했지만 아무 해 무과武科에 급제한 것은 활쏘기 재주 때문이 아니었다. 급제자 발표가 있고 나서 유

---

11. **법관法官** 형조刑曹와 한성부漢城府의 관리.

가¹²를 성대하게 한 것으로는 홍이 으뜸이었다. 악공들은 모두 푸른 모시 철릭¹³을 입고, 석 자짜리 침향사沈香絲¹⁴를 띠었으며, 수건이며 돈이며 베 말고도 사람마다 모란이 그려진 병풍 하나, 포도 무늬가 든 무소뿔로 자루를 한 장도칼 하나씩을 선물로 받았다. 사람들은 홍이 멀리 시골로 나가서 남의 집 무덤을 여럿 관리해 주더니 제위전¹⁵을 팔아 쓰는 것이라고들 했다.

4

홍의 집은 서대문 밖에 있었다. 하루는 꽃무늬 비단 창옷¹⁶ 차림으로 왼손으로는 만호 갓끈¹⁷을 매만지고 오른손으로는 호박琥珀 선추¹⁸를 만지작거리며 느릿느릿 걸어 남대문으로 들어서려는 참이었다. 남대문 밖에는 보시를 베풀어 주십사 경쇠를 치며 시주를 구하는 승려가 보였다. 홍이 말했다.

※ ※ ※
12. **유가遊街** 과거급제자가 광대를 앞세우고 풍악을 잡히면서 거리를 돌며 좌주座主(시험관), 선배 급제자, 친척들을 사흘에 걸쳐 찾아보던 일.
13. **철릭** 무관武官이 입는 공복公服의 하나.
14. **침향사沈香絲** 침향枕香 향기가 나는 실로 만든 술띠. 침향은 베트남 등지에서 나는 고급 수입 물품.
15. **제위전祭位田** 조상의 제사 비용으로 쓰기 위하여 마련한 토지.
16. **창옷** 벼슬아치가 평시에 입는 웃옷. 소매가 넓고 뒷솔기가 갈라졌다.
17. **만호蔓胡 갓끈** 무늬가 없고 거친 갓끈.
18. **선추扇墜** 부채고리에 매다는 장식품. 옥이나 호박 등으로 만들었다.

"스님! 여기 며칠이나 서 있었소?"

"사흘 됐습니다."

"얼마나 얻었소?"

"겨우 200여 푼[19] 모았습니다."

"참, 그러다 늙어 죽겠네! 하루 종일 '아미타불' 외쳐서 사흘에 겨우 200푼을 얻었단 거요? 우리 집은 부자고 아들딸이 많아서 내가 전부터 부처님께 좋은 일 한 가지를 해 드리고 싶었는데, 스님은 복도 많소. 무얼 시주하면 좋을까?"

한참 고민하는 모양을 지어 보이더니 이렇게 말했다.

"놋쇠가 있는데, 쓸모가 있겠소?"

"불상을 주조하면 공덕이 막대할 것입니다."

"따라오시오!"

드디어 홍이 앞장서서 남대문 안으로 들어가더니 등불이 빛나는 집을 가리키며 말했다.

"여기서 잠깐 쉬고 갑시다."

주막에서는 따끈한 술과 좋은 안주를 가져와 내놓았다. 홍은 연거푸 10여 잔을 들이키더니 차고 있던 비단주머니를 만져 보고는 웃으며 말했다.

"오늘 나오면서 깜빡하고 술값을 안 가져왔네. 스님, 바랑 속에

---

19. 200여 푼 두 냥.

있는 돈을 잠깐 빌립시다. 가서 갚아 드릴게."

승려는 술값을 치렀다. 다시 걷다가 홍이 뒤돌아보며 승려를 불렀다.

"스님, 오고 있소?"

"예, 따라가고 있습니다."

"놋쇠가 오래된 거라서 사람들이 혹시 못 가져가게 막을지 모르니 잘 옮겨 가야 하오."

"허락하시는 건 시주하는 보살님의 몫이요, 가져가는 건 중의 몫이니, 잘하지 않을 수 있겠습니까?"

"그렇겠지."

또 주막에 들어가 승려의 돈으로 술을 사 마셨다. 이렇게 중간중간 서너 번이나 주막으로 들어가면서 승려의 돈은 바닥이 났다. 다시 걸으면서 홍이 승려에게 말했다.

"스님, 매사에 모름지기 눈치가 있어야 하는 법이라오."

"소승小僧이 이렇게 반평생을 살면서 남은 거라곤 눈치뿐입지요."

"그렇겠지."

다시 몇 걸음 가더니 고개를 돌리고 승려에게 말했다.

"스님, 놋쇠가 몹시 큰데 가져갈 힘이 있을까?"

"크면 클수록 좋지요. 얻을 수만 있다면 만 근 무게라 한들 아무 문제없습니다."

홍이 또 말했다.

"그렇겠지."

대광통교[20]를 지나서 홍은 동쪽 거리로 발길을 돌리더니 부채를 들어 보신각종을 가리키며 승려를 불렀다.

"스님! 놋쇠 저기 있소. 자알 가져가쇼."

그 말을 듣자 승려는 저도 모르게 몸을 휙 돌렸다. 승려는 남산을 바라보며 멍하니 한참을 서 있더니 마침내 어디론가 쏜살같이 가 버렸다. 홍은 느긋이 철전교[21] 쪽으로 걸어가는 것이었다.

홍의 일생이 모두 이런 식이었는데, 앞의 일들은 그중에서도 가장 유명한 이야기에 속한다. 홍은 사기를 잘 치는 것으로 유명해져 결국 그 때문에 나라에서 형벌을 받고 먼 곳으로 귀양 갔다고 한다.

외사씨[22]는 말한다.

"세상에서 가장 큰 사기꾼은 천하를 속이고, 그 다음 사기꾼은 임금과 재상을 속이며, 또 그 다음 사기꾼은 백성을 속인다. 이홍과 같은 사기꾼은 가장 작은 사기꾼에 불과하니 족히 논할 가치

---

20. 대광통교大廣通橋 청계천 1가와 2가 사이에 있던 다리.
21. 철전교鐵廛橋 종로구 관철동에 있던 다리. '철교'鐵橋라고도 한다.
22. 외사씨外史氏 작자인 이옥 자신을 지칭한 말. '외사'란 사관史官이 아닌 사람이 기록한 역사, 곧 야사野史를 말한다. 외사를 기록한 사람이 자신을 가리켜 '외사씨'라고 한다.

가 있겠는가. 그러나 천하를 속이는 사기꾼은 천하의 임금이 되고, 그 다음 사기꾼은 제 몸을 영화롭게 하며, 또 그 다음 사기꾼은 제 집을 번드르르하게 한다. 그렇건만 이홍 같은 자는 마침내 사기죄로 걸려들고 말았으니 결국은 남을 속인 게 아니라 스스로를 속인 셈이다. 또한 슬프지 않은가!

오유란전

춘파산인

명나라 천순·성화 연간[1]에 동방의 한양 땅에 두 정승이 있었다. 한 사람은 김씨요, 한 사람은 이씨였는데, 모두 손꼽히는 가문 출신으로 지체와 덕망이 서로 비슷하여 집안 대대로 매우 친밀한 사이였다. 언젠가 김정승은 이정승에게 이런 말을 했다.

"우리 두 집안의 자식이 생년월일이며 태어난 시時까지 똑같으니, 우연한 일이 아닐 거외다. 같이 공부하게 해서 아이들이 훗날 성취하는 모습을 볼 수 있다면 우리 모두에게 만년의 즐거움이 되는 일 아니겠소이까?"

이정승이 말했다.

"내 뜻도 바로 그렇소이다."

이에 깨끗한 방 한 칸을 청소하여 같은 선생님에게 배우며 한

---

[1] **천순·성화 연간** 15세기 후반 무렵. '천순'天順은 명나라 영종英宗(재위 1457~1464)의 연호이고, '성화'成化는 헌종憲宗(재위 1465~1487)의 연호이다.

방에서 나란히 잠자게 했다. 두 소년 역시 한마음으로 이렇게 맹세했다.

"남아대장부의 공명을 조만간 반드시 이뤄 내자. 주공과 소공² 처럼 큰 공을 세워 옛날 주나라에 버금가는 나라를 만들고, 관중과 포숙³처럼 우정을 나눠 세상의 기풍을 바꿔 보자. 동산의 꽃과 냇가의 소나무처럼, 설령 피고 지는 데 약간의 차이가 있다 하더라도 서로 마음을 써서 영원히 잊지 말자."

두 소년은 무쇠와 바위를 가리키며 변치 말자고 약속하니, 마치 아교와 옻처럼 떼려야 뗄 수 없는 사이가 되었다.

세월이 흐를수록 두 사람의 공부는 더욱 깊어져 과거 시험 준비가 이미 완벽한 단계에 이르렀다. 갑자년⁴에 나라에 큰 경사가 있어 옥책⁵을 올리고 특별히 과거 시험을 보였다. 두 사람은 나란히 시험장에 들어가 이리저리 궁리하여 글을 지었다. 이윽고 급제자를 발표하는데, 한 사람은 급제요, 한 사람은 낙방이었다. 낙방한 자는 이생李生이고, 급제한 자는 김생金生이었다.

---

2. **주공周公과 소공召公** 주周나라 문왕文王의 아들. 이들은 형제지간으로서 조카인 성왕成王을 잘 보필하여 주나라의 기틀을 잡는 데 큰 공을 세웠다.
3. **관중管仲과 포숙鮑叔** 춘추시대 제齊나라 사람으로, 지극한 우정을 나누어 '관포지교'라는 말을 남겼다.
4. **갑자년** '천순·성화 연간'이라 한 것을 감안하면 1504년(연산군 10)에 해당한다. 이 작품은 시대 배경을 사실적으로 설정한 게 아니므로 연조 또한 적당히 소급해 잡은 것으로 보인다.
5. **옥책玉冊** 임금이나 왕비에게 존호尊號를 올릴 때 그 덕을 기리는 글을 새긴 옥 조각을 엮어서 만든 책.

김생은 워낙 빼어난 재주를 가지고 있었기에 예문관과 홍문관[6]의 관직을 역임하며 승진을 거듭했다. 김생은 평안감사에 임명되던 날 곧바로 이생을 초대하여 자신과 함께 평양으로 갔으면 좋겠다는 뜻을 밝혔다. 이생은 이렇게 말했다.

"자네는 왕명을 받아 백성을 잘 다스릴 임무를 가진 관찰사지만, 나는 다만 성현聖賢의 뜻을 배우고 본받으려 하는 일개 선비에 불과하네. 직분이 현격히 달라 마음가짐도 같을 수 없으니 이것만으로도 안 될 일일세. 더구나 평양은 예부터 번화하고 놀기 좋다고 소문난 곳이니, 나는 가고 싶지 않네."

평안감사가 말했다.

"번화한 건 번화한 거고 공부는 공부지, 자네 말은 너무 고루하네. 문제될 게 뭐 있나? 예전에 우리가 맹세했던 말을 벌써 다 잊었단 말인가?"

마침내 감사는 이생과 함께 수레를 타고 곧바로 임소를 향해 떠났다.

감사는 업무를 시작한 이튿날 특별히 분부를 내려 그윽하고 한가로운 곳에 집을 하나 깨끗이 치우고 많은 책을 갖춰 놓게 했다. 그러고는 그 집에 이생이 조용히 거처할 수 있게 하고 종종 안부

---

6. **예문관藝文館과 홍문관弘文館** '예문관'은 국왕의 명령을 담은 문서를 작성하던 기관. '홍문관'은 궁중의 도서를 관리하고 학술 진흥과 인재 양성을 담당하던 기관.

를 물으며 부지런히 학업에 힘쓰도록 격려했다. 이생 역시 번잡한 일에는 뜻을 두지 않고 오직 글공부에만 전념했다.

어느 날 아침 감사는 통인[7]을 시켜 이생에게 이런 말을 전하게 했다.

"오늘은 우리 두 사람의 생일이니, 「육아」의 뜻[8]이 어찌 없을 수 있겠니? 햇살은 따스하고 바람은 온화하여 벗을 그리는 마음이 간절하니, 어려운 걸음 해 주어 우리 두 사람의 울울한 마음을 한번 풀어 보면 어떻겠나?"

이생은 마음이 내키지 않았지만 딱히 거절할 말도 없어 읽던 책을 덮고 즉시 통인을 따라갔다. 으리으리한 선화당[9]에 들어서니 차려 놓은 음식이 들보에 닿을 듯했고, 처음 보는 광경이며 처음 듣는 소리에 깜짝 놀랐다. 40개 고을의 수령들이 좌우에 늘어 앉고, 70명의 이름난 기녀들이 앞뒤에서 시중을 들고 있었다. 온갖 관악기며 현악기의 합주 소리가 방 안에 가득하고, 종소리며 경쇠소리며 북소리가 마당에 울려 퍼졌으며, 술과 안주가 푸짐하게 놓인 가운데 술잔이 어지럽게 오가고 있었다.

감사가 이생을 맞이하여 자리에 앉히고 안부 인사를 나누자마

༄༅༄༅

7. **통인通引** 지방 관아에서 관장官長의 잔심부름을 하던 구실아치.
8. **「육아」蓼莪의 뜻** 「육아」는 『시경』 소아小雅에 들어 있는 시편詩篇 이름으로, 자식이 어버이를 봉양하지 못함을 한탄하는 내용이다. 여기서는 '객지에 있어 어버이를 봉양하지 못하는 마음'을 말한다.
9. **선화당宣化堂** 관찰사가 사무를 보는 정당正堂.

자 좌우에 있던 아름다운 기녀들이 앞다투어 술을 따라 올렸다. 노래 한 곡이 끝날 즈음 이생은 와락 성을 내며 소매를 떨치고 일어나 먼저 가겠노라며 말했다.

"오늘 일은 정말 사람으로서 할 도리가 아닐세."

감사는 이생의 소매를 잡고 웃으며 말했다.

"자네는 글 읽는 선비 아닌가. 글 읽는 선비라면 정백자[10]를 본받고자 하지 않는 이가 없는데, '내 마음속에는 기녀가 없다'[11]라는 정백자의 말씀을 못 들어 봤나? 왜 이리 냉담하게 구는가?"

감사는 거듭 이생을 달래 보았지만 끝내 잡을 수 없었다.

이날 잔치 자리에서 이생의 행동을 본 사람들치고 누군들 그 지나치게 경직된 모습에 눈살을 찌푸리고 비웃지 않았겠는가? 잔치가 끝난 뒤 감사는 우두머리 종에게 분부를 내렸다.

"기녀 중에 몹시 영리해서 일을 시킬 만한 아이가 누구냐?"

"란蘭이라는 아이가 있습지요. 지금 나이가 열아홉인데 부리시기에 합당할 것입니다요."

감사는 즉시 란을 불러 분부했다.

"너는 별당別堂에 계신 이랑李郎(이생)을 아느냐?"

"알고 있사옵니다."

---

10. **정백자程伯子** 중국 송나라의 도학자 정호程顥.
11. **내 마음속에는 기녀가 없다** 정호程顥의 말. 그는 기생과 자리를 함께 해도 그것이 하등 마음에 누가 되지 않을 만큼 수양이 깊고 태도가 유연한 도학자였다고 한다.

"네가 그분의 마음을 빼앗아 가까이서 모실 수 있겠느냐?"

"하룻밤으로는 어렵지만, 한 달의 말미를 주시면 틀림없이 해낼 수 있을 것이옵니다."

"한 달의 말미를 주었는데도 혹시 성공하지 못한다면 죽을죄로 다스릴 것이다."

란은 분부를 듣고 물러가 고운 빛깔의 옷을 벗고 소복으로 갈아입었다. 그러고는 여자아이를 하나 불러 빨랫감을 몇 가지 모아오게 하더니 빨랫감을 바구니에 넣어 이고 빨랫방망이를 바구니 위에 얹었다. 란은 앞장서서 아이를 뒤따르게 하고는 별당 앞 작은 연못가로 곧장 가서 표정을 가다듬고 교태롭게 앉아 한가로이 빨래를 했다.

때는 병인년[12] 춘삼월 보름 무렵이었다. 이생은 별당에서 외로이 지낸 지도 한 달이 넘었는데, 이 좋은 계절을 맞고 보니 춘정春情이 없을 수 없어 시를 읊조리며 마당의 섬돌 위를 천천히 거닐었다. 문득 또닥또닥 빨랫방망이 소리가 바람결에 우명지[13]로부터 들려왔다. 전에는 못 듣던 소리라 이상하다 싶어 목을 길게 빼

---

12. **병인년** : 평안감사가 과거 급제한 게 '갑자년'이라 했으니, 그때로부터 2년 뒤인 1506년이 될 터이나, 과거 급제 2년 만에 종2품 벼슬인 관찰사가 된다는 것은 이치에 맞지 않는 일이다. 가령 「춘향전」에서 이도령이 과거에 급제하자마자 암행어사에 제수되는 따위의 일이 민간적 사유의 표현이듯이, 여기서의 이런 불합리함 역시 그런 견지에서 이해될 필요가 있다. 즉 민간에서 구연되던 이야기를 토대로 작품화한 것이기에 디테일의 정확성 같은 데 크게 개의치 않는 설화적 특성이 나타나게 된 것으로 보인다.
13. **우명지**牛鳴池 소 울음소리가 들릴 만큼 가까운 곳에 있는 연못.

고 사방을 둘러보니 풍경이 새삼 새롭고 세상 만물의 모양이 참으로 사랑스러웠다. 은행나무 아래 있는 석가산[14] 곁에서는 커다란 은빛 물고기가 마름과 연밥 사이로 솟구쳐 올라오고, 물결 속에는 둥근 달이 일렁이고 있었다. 그런데 연못가에 있는 사람은 대관절 누구일까. 미인 한 사람이 마치 서왕모[15]가 요지[16]에 내려온 듯 아련한 모습으로, 마치 양귀비가 태액지[17]에 나온 듯 황홀한 모습으로 앉아 있는 게 아닌가. 꽃 같은 얼굴에 옥 같은 자태로서, 이슬 머금은 한 떨기 황금 연꽃이 막 봉오리를 터뜨릴 듯한 모습이었다. 눈썹은 초승달 같고 뺨은 통통했으며 새하얀 보름달이 모든 빛을 모아 그 얼굴을 비추는 듯했다. 이생은 미인을 한번 보고는 비록 선비의 올곧은 지조를 가졌음에도 불구하고 그 절세 미모에 감탄해 마지않으며 사랑이 가득한 눈길로 미인을 바라보고 또 바라보았다.

잠시 후 미인은 누군가 자기를 엿보는 시선을 느꼈는지 몸을 일으켜 그 자리를 떠났다. 걸음걸이가 단아한 것이 꼭 서시[18]가 월나라 궁궐 뜰을 걷는 모습 같았으니, 참으로 절세가인이었다.

14. **석가산石假山** 정원에 암석을 쌓아 인공적으로 만든 동산.
15. **서왕모西王母** 중국 곤륜산崑崙山에 산다는 선녀.
16. **요지瑤池** 중국 곤륜산에 있다는 연못. 주周나라 목왕穆王이 여기서 서왕모를 만나 사랑을 나누었다는 이야기가 전한다.
17. **태액지太液池** 장안長安(지금의 서안西安) 동쪽의 대명궁大明宮 가운데 있던 연못으로, 당나라 현종玄宗과 양귀비가 여기서 노닐었다.
18. **서시西施** 춘추시대 월越나라의 미인.

그 뒤로 닷새마다, 혹은 사흘마다 미인은 한결같은 모습으로 그곳에 와서 문득 돌아보기도 하고 문득 넘겨다보기도 하며 아름다움을 뽐냈으니, 어허, 참 괴이한 일이로다!

이생은 미녀를 본 뒤로 방탕한 마음이 일어나 아무 일도 손에 잡히지 않았다. 그런 상태가 한 번 보고는 한층 더하고 두 번 보고는 가일층 더하더니, 네 번을 보고 다섯 번을 보기에 이르러서는 마음이 온통 미녀에게로 가서 오장이 모두 녹아들며 공부도 되지 않고 밥을 먹어도 맛을 모르는 지경이 되었다. 이생은 책을 덮고 외로이 앉아 힘없이 한숨을 길게 쉬고는 말했다.

"사람이 이 세상에 태어나 살면 얼마나 살 것이며 즐겨 봤자 얼마나 즐길 수 있을까?"

그 뒤로 날짜를 손꼽으며 여인을 기다렸지만, 여인은 일부러 더 자주 오지 않았다. 이생은 하루가 3년처럼 느껴져 늘 애타는 마음으로 연못가를 바라보았지만 빨랫방망이 소리는 들리지 않았고, 한참 동안 담장에 기대 있어도 사람 그림자 하나 보이지 않았다. 아아! 사람의 마음이란 얼마나 약해지기 쉬운 것인지. 이생은 여인이 오지 않자 머리까지 이불을 뒤집어 쓴 채 물 한 모금 목구멍으로 넘기지 못하며 며칠을 보내야 했다.

그러던 어느 날 석양이 질 무렵이었다. 홀연 빨래하는 소리가 머리맡에 은은히 들려왔다. 이생은 한편으로는 기쁘고 한편으로는 조바심이 나서 병을 무릅쓰고 몸을 일으키더니 맨발로 허둥지둥 뛰어나갔다. 중문[19] 밖에 이르러 목을 길게 빼고 살펴보니 가슴속에 품고 있던 그 사람이 정말 연못가에 앉아 빨랫방망이를 치며 추파를 보내오는 게 아닌가. 이생은 오랫동안 기다렸던 터라 마음이 너무도 조급했다. 하지만 여인 쪽으로 걸음을 내디디려다가 주저하고, 여인에게 말을 건네려다가 입을 다물며 할까 말까 망설이기를 몇 번이나 반복했다. 결국 이생은 체면을 돌아보지 않고 마치 숲에서 뛰쳐나오는 호랑이처럼 맹렬한 기세로 돌진하더니 쏜살같이 날아와 꿩을 낚아채는 매처럼 여인을 덥석 안았다. 미인은 놀라움 반, 의아스러움 반에 바보처럼 멍한 듯, 부끄러운 듯한 얼굴로 이생을 뿌리치며 홱 돌아앉더니 앵두 같은 입술을 살짝 열어 말했다.

"남녀유별男女有別인데 이 무슨 일입니까? 대낮에 큰길에서 이 무슨 짓이란 말입니까?"

이생은 턱수염이 흔들리도록 호탕하게 껄껄 웃으며 말했다.

"이름이 뭐요? 뉘 집 여인이오? 어디 사오?"

미인이 반쯤은 교태로운 모습으로, 반쯤은 부끄러운 모습으로 살짝 고개를 숙인 채 대답했다.

"저는 본래 양민의 딸로, 어려서 부모를 여의고 외사촌 집에서 자랐어요. 그러다 열다섯 살에 서쪽 마을 장씨 집 넷째아들에게

---

19. **중문**中門 대문 안에 또 세운 문.

시집갔는데, 운수가 기박해서 몇 달 만에 그만 남편을 잃고 말았어요. 삼종지도[20]를 모르지 않지만 기댈 곳이 전혀 없어 다시 외사촌 집으로 돌아올 수밖에 없었어요. 여기 와서 대나무를 짝 삼고 소나무를 벗 삼으며 오직 정절을 지키겠다는 일념으로 산 지가 3년이 되었습니다. 제 나이는 열아홉이고, 성은 오유[21]이며, 이름은 란입니다. 존귀하신 분께서 이런 걸 왜 물으시는지요?"

이생은 여인이 수절하고 있는 과부라는 사실을 알고는 자신을 뽐내고 싶은 마음을 더욱 참을 수 없었다.

"나는 서울 사람인데, 감사를 따라와서 요사이 이곳 별당의 주인 노릇을 하는 이랑李郞일세. 낭자는 내 말을 듣고 잘 생각해 보게. 낭자는 그동안 이곳에 꽤 자주 왔었는데, 이번에는 왜 이리 오랜만에 왔는가? 낭자가 나를 알게 된 건 지금이 처음이겠지만, 내가 낭자를 안 지는 거의 한 달이 됐네. 가슴에 품은 한스러움이 병이 되고 만 것이 누구 때문인지 아시겠나? 복잡하게 얘기할 것 없이 내 말을 잘 들어 줄 건지 말 건지 딱 잘라 말해 보게."

"'말 한마디로 전쟁을 일으키기도 하고, 말 한마디로 우호를 맺기도 한다'[22]라는 옛말이 있지 않습니까. 그러니 말할 때는 정

༺༻༺༻༺༻

20. **삼종지도**三從之道 옛날 여성들이 어려서는 아버지를, 결혼해서는 남편을, 남편이 죽은 뒤에는 아들을 따라야 한다고 했던 세 가지 도리.
21. **오유**烏有 '어찌 있겠느냐'는 뜻. '오유란'이라는 여인이 이생을 속이기 위해 꾸며낸 가상의 존재이므로 이런 성을 붙였다.
22. **말 한마디로~우호를 맺기도 한다** 정이程頤의 「사물잠」四勿箴에 나오는 말.

말 신중하게 해야 하고 남의 말을 들을 때도 역시 신중하게 해야 합니다. 들을 만한 말이면 듣고, 들을 만한 말이 아니면 듣지 말아야겠지요. 듣고 안 듣고는 저에게 달렸으니, 일단 말씀해 보세요."

이생이 손뼉을 치며 한숨을 쉬고는 말했다.

"나 또한 청춘이요, 낭자 또한 청춘이니, 청춘이 청춘을 그리는 게 무슨 잘못이겠나? 더구나 사람의 목숨은 지극히 소중한 것이니 나를 가련히 여겨 주었으면 하네."

낭자가 잠깐 이생을 돌아보고는 미소 지으며 말했다.

"사람의 목숨이 중하다면 중합니다만 저로서는 감당할 수 없는 말씀이군요. 일개 아녀자가 귀하신 분의 소중한 목숨과 감히 무슨 관계가 있겠습니까? 그렇게 말씀해 주시니 너무도 황감합니다. 저처럼 미천한 것이 분골쇄신한들 아까울 게 무엇 있겠습니까? 하오나 사정이 있어 모실 수 없는 처지이니 서방님께서는 자신을 소중히 여기고 아끼셔서 귀하신 몸을 잘 건사하시기 바랍니다."

"그 사정이란 게 뭔가?"

"서방님께선 서울 귀족으로서 한때의 호탕한 정을 품으셨을 뿐이지만, 저는 서울에서 멀리 떨어진 곳에 사는 미천한 여자로서 백 년 동안 변치 않을 마음을 갖고 있답니다. 하룻밤 바람이 불어 꽃잎이 흩날리고 나면 반평생 금처럼 옥처럼 깨끗하게 지켜 온 몸을 더럽히는 치욕이 남을 따름이니, 더 말해 봐야 비루하고, 후회해야 소용없는 일이지요. 낙창공주의 거울은 다시 환히 비출 수 없을 터이고,[23] 「상중」[24]은 족히 입에 올릴 것이 못 됩니다."

이생이 웃으며 말했다.

"그 무슨 말인가? 무쇠와 바위처럼 굳게 언약할 수 있고, 해와 달이 저기서 우리의 맹세를 지켜보고 있네. 낭자가 이미 열녀의 마음을 가졌다면 나 또한 지조 있는 선비일세. 우리 두 사람의 마음을 서로가 알고 있지 않은가. 한번 맹세한 뒤로는 내 뜻을 빼앗을 수 없을 것이요, 낭자의 마음은 더욱 확고하니, 살아서는 한방에서 지내고 죽어서는 한 무덤에 묻힐 것이네. 말이 너무 길었군. 해가 벌써 저물었어."

이생이 손을 잡고 앞장서자 미인은 완강히 따라가려 하지 않는 듯한 모습을 지어 보였지만, 실은 진작부터 따라갈 마음이었다. 함께 별당으로 들어가서 밤 깊어 잠자리에 나아가니, 공작새가 붉은 하늘 위를 날아가는 듯, 원앙새가 푸른 물에서 노니는 듯했다.

그 뒤로 낭자는 날마다 날이 어두워지면 왔다가 밝기 전에 돌

---

23. **낙창공주의 거울은~없을 터이고** 남북조시대 진陳나라의 서덕언徐德言이 낙창공주樂昌公主와 결혼했다가 나중에 난리를 만나자 헤어지며 거울을 깨뜨려 각기 그 반쪽을 간직하고는 훗날 다시 만날 때 신표로 삼자고 했는데 과연 이 거울이 인연이 되어 훗날 재회했다는 고사가 있다. 여기서는 이생이 자기를 한번 버리고 떠나면 낙창공주의 고사와는 달리 부부관계가 다시 회복될 수 없으리라는 뜻에서 한 말.
24. **「상중」桑中** 『시경』 용풍鄘風에 들어 있는 시편詩篇의 이름. 음란한 자가 밀회하는 모습을 노래한 것으로 알려져 있다.

아갔는데, 혹시 남들에게 들킬까 두려워하는 기색이었다. 이생은 이미 미인의 고운 얼굴에 취한 데다 비상한 총명함까지 가진 것에 더욱 반해서 정을 아직 충분히 나누지 못했다고 여겼으니, 신기하기도 하구나, 오유란이 이리도 쉽게 사람을 유혹하다니!

감사는 그 전후 사정을 탐지하고는 은밀히 분부를 내렸다.

"걸음이 빠른 자를 하나 뽑아 내 편지를 가지고 서울로 가서 아무 곳에 머물러 있다가 이리이리 해라."

그러고는 편지를 한 통 써서 하인에게 주며 말했다.

"내일 몇 시에 이리이리 해라."

이튿날 아침, 감사는 아이종 하나를 시켜 별당에 안부를 전했다.

"요사이 어떻게 지내시나? 공부는 열심히 하고 계시는가? 봄날의 새는 남쪽을 그리워하고, 가을날의 말은 북쪽을 그리며 서글퍼하는데, 객지에서 지내는 울적한 마음은 자네나 나나 마찬가지겠지. 진번이 의자를 매달아 둔 지도 이미 여러 날이 지났는데,[25] 왕휘지가 벗을 찾아가던 마음이 전혀 없는가?[26] 잠시 귀한 걸음을 해 주어 친구의 바람을 저버리지 말아 주시게."

오오오오

25. **진번이 의자를~날이 지났는데** 후한後漢 때의 인물인 진번陳蕃이 고을 원을 할 때 자기 고을의 어진 선비인 주구周璆와 서치徐穉를 우대하여 그들이 찾아오면 특별히 마련한 의자에 앉게 하고, 가고 나면 그 의자를 매달아 두었다고 한다. 여기서는 빈객인 이생이 자기에게 찾아오지 않은 지 여러 날이 되었다는 말.
26. **왕휘지가 벗을~전혀 없는가** '나에게 한 번 들르지 않겠나'라는 뜻. 동진東晉쯤의 왕휘지王徽之가 눈 내린 달밤에 문득 은사隱士인 대규戴逵가 보고 싶은 생각이 들자 즉시 배를 저어 그 문 앞까지 갔다가 흥이 다해 문 안에 들어가지 않고 그냥 돌아왔다는 고사가 있다.

이생은 이미 예전의 이생이 아니었다. 날은 화창하고 호기로운 흥취는 넉넉하여 한번 감사와 만나 한 달 넘게 닫아 두었던 회포를 풀고 싶던 터였기에 즉시 선화당으로 달려갔다. 서로 인사를 주고받은 뒤 감사가 위로의 말을 했다.

"공부하느라 무척 힘든가 보군. 식사도 잘 못하나? 그동안 얼굴이 왜 이리 수척해졌나?"

"나그네 신세라 자연히 근심이 많아서 그렇겠지."

이윽고 저녁을 먹으며 술을 마시는데 문득 삼문[27] 밖에서 문 두드리는 소리가 시끄럽게 들렸다. 감사가 이유를 묻자 하인 하나가 서울에서 급보를 가지고 왔다고 아뢰었다. 즉시 불러들이자 엎드려 편지 한 통을 올리는데 겉봉에는 "이 아무개 귀하"라고 적혀 있었다.

이생이 황급히 편지를 뜯어보니 부친 이정승이 병들어 곧 숨을 거둘 듯이 위독하다는 소식이었다. 이생은 갑자기 안색이 어두워지며 당황하여 어찌할 줄을 몰랐다. 감사는 슬픈 표정으로 말했다.

"아직 연세가 많지 않고 건강하셨는데 무슨 까닭일까?"

급히 비장[28]을 시켜 좋은 말을 가져와 출발 준비를 하게 했다.

---

27. **삼문**三門 관아 앞에 있는 문. 가운데의 정문과 좌우의 동협문東夾門·서협문西夾門의 세 문으로 되어 있기에 일컫는 말.

채비가 모두 갖추어지자 감사는 이생을 말에 오르게 하며 말했다.

"조심해서 다녀오게."

이생은 주저하며 뭔가 연연해 하는 기색이었다. 말을 꺼내려다가 차마 하지 못하고, 생각하는 것이 있으면서 차마 입 밖에 내지 못하는 듯하더니, 가슴속에 품은 생각을 억제하기 어려워 눈물을 적시고 있었다. 실은 오유란과 인사 한마디 못하고 떠나기 때문이었지만, 이생의 모습을 본 사람들은 부친이 위독하다는 소식을 들은 아들 입장에서 당연히 그러는 것이라고만 여겼다.

바삐 말을 달려 대동강을 건넜다. 지나는 모든 강, 모든 산이 아득해질수록 근심은 깊어갔고, 지나는 모든 역이 하나하나 멀어질수록 슬픔은 더해갔다. 떡 가게며 주막이 적지 않았지만 먹어도 그 맛을 몰랐고, 지나는 곳의 기녀들을 만나 보지 않은 게 아니었지만 마음이 조금도 위로되지 않았다.

굽이굽이 돌며 밤낮으로 힘들게 길을 가서 하룻밤을 묵고는 봉강[29]에 이르렀고, 이틀 밤을 묵고는 개성에 이르렀으며, 사흘 밤을 묵고는 양철평[30]에 이르렀다. 산천은 예와 다름이 없었지만 풍물은 변화가 있었으니, 석양이 지자 마음이 텅 빈 것 같았다. 문

---

28. **비장裨將** 감사, 유수留守, 병사兵使, 수사水使, 지방 파견 사신 등을 수행하며 일을 돕던 무관 벼슬.
29. **봉강鳳岡** 황해도 신천군信川郡 문화현文化縣의 땅 이름.
30. **양철평梁鐵坪** 지금의 서울시 녹번동 부근으로, 개성에서 한양으로 올 때 홍제원 조금 못 미쳐서 있는 곳이다.

득 건장한 하인 하나가 쏜살같이 앞으로 달려 나오더니 길가에서 절을 하고 말했다.

"행차께선 어디에서 출발하셔서 어느 댁으로 가시는 길입니까?"

이생의 하인들은 무슨 일로 그러는지 의심스러워 주저하며 대답했다.

"평양 감영에서 이정승 댁으로 가는 길이다. 왜 묻느냐?"

그러자 하인은 무릎 꿇고 편지 한 통을 올렸다. 이생이 말에 탄 채 즉시 편지를 뜯어보니 바로 집에서 온 편지였다. 대략 이런 내용이었다.

> 아버지의 병이 나아 다행히도 건강을 회복하였다. 혹시 부정 타는 일이 있을까 싶으니 절대로 집에 들어오지 말고 그대로 걸음을 돌려 돌아가거라.

분부하는 뜻이 몹시 엄했다. 이생은 기쁜 소식을 듣고 참으로 다행이라 여기는 한편 중도에서 그대로 발길을 돌려 돌아가라는 분부가 더더욱 반갑기 그지없었다. 이생은 편지 내용을 따라온 하인들에게 알리고는 즉시 말 머리를 돌리며 말 모는 자에게 기분 좋게 분부를 내렸다.

"채찍을 힘껏 쳐라! 어서 달려가자꾸나!"

말 모는 자는 감사에게 따로 은밀히 분부받은 것이 있었기에 일부러 말 모는 데 서툰 척하며 앞으로 나아가지 못하고 미적거렸다. 이생은 여정이 지체되는 게 이상하다 싶어 말을 새로 바꾸고 무섭게 을러대기를 그치지 않았지만 빨리 가려 해도 방법이 없어 길에서 머문 채 여러 날을 허비해야 했다.

열흘이나 지난 뒤에야 겨우 영제교[31]를 건넜다. 기다란 숲길로 차츰 나아가니 풍경은 예전 그대로인데 이를 보는 마음은 전혀 새로웠다. 그런데 참 괴이한 일도 있지! 숲 아래로 난 길 왼쪽에 새로 생긴 무덤이 오롯이 솟아 있는데, 길 가는 사람들이 모두들 손가락으로 그쪽을 가리키고 있는 게 아닌가. 이생은 전에 없던 것이 새로 생겼기에 이상하다 싶어 말을 멈추고 말 모는 자에게 말했다.

"아침이슬이 스러지기 쉽듯이 사람의 일이란 예측하기 어려운 법이다. 어떤 사람이 갑자기 세상을 떴기에 이 큰길가에다 무덤을 썼을꼬?"

마침 나무하는 아이들 두엇이 노래를 부르며 지나가기에 불러다 물어보았다.

"저기 새로 생긴 무덤이 누구 것인지 너희들 혹시 아느냐?"

아이들은 머리를 긁적이며 얼굴을 돌리더니 한참만에야 대답

---

31. **영제교永濟橋** 평양에 있던 석교石橋.

했다.

"너무 처참한 일이라 말하려니 너무 슬퍼서……."

처음에는 전혀 말하려 들지 않더니 두 번 세 번 거듭 묻자 이리 대답했다.

"평양성 안에 절개 지키기로 천하제일인 열녀가 있는데, 3년 동안 과부로 지내면서 백 년의 정숙한 마음을 지녔더랬습니다. 그런데 새 사또가 감영에 오신 뒤로 천하에 무도한 호래자식 이가李哥란 놈이 관아 안에 들어와 감히 도적의 마음을 품고 남몰래 짐승 같은 짓을 했더랍니다. 처음 과부와 친해질 때에는 백 년의 약속으로 꼬드겨 놓고, 나중에 떠날 때에는 한마디 말도 없이 갔다는군요. 이런 놈이 사람이라면 세상에 그 누가 사람이 아니겠습니까? 이 때문에 정숙한 과부는 한때의 사랑을 한탄하며 평생의 원한을 품게 되어 한스러움에 곡기를 끊었답니다. 날이 갈수록 명줄이 다해 가되 백약이 무효더니 결국은 숨이 끊어졌답니다. 유언은 이랬다고 합니다.

'나를 유혹한 자도 이랑李郎이요, 나를 병들게 한 자도 이랑입니다. 하지만 나는 살아서 이미 이씨 집 사람이 되었으니, 죽어서도 역시 이씨 집 귀신이 되렵니다. 이랑은 서울의 높은 가문 사람이니 조만간 필시 과거에 급제해서 벼슬을 얻어 이리로 오게 될 거예요. 나를 여기 대로변에 묻어 주세요. 그러면 이랑이 이 길을 지나다가 황량한 무덤을 한번 돌아볼 터이니 지하에 묻힌 외로운

혼령에게 영광스러운 일이 아니겠습니까?'

그런 내용으로 손가락을 깨물고 혈서를 써서 세상에 남겼습니다. 이웃 사람들은 그 뜻을 가련히 여겨 그 소원대로 이곳에 묻어 주었답니다. 행차께서는 이 얘기를 왜 듣고 싶어 하십니까?"

이생은 원래 다정다감한 사람인지라 넋이 날아가고 마음이 찢어질 듯 슬픔을 금하지 못했는데, 마치 미치광이의 모습 같았다. 이생은 말에서 내려 객점32으로 들어가더니 즉시 하인 하나를 시켜 성에 들어가서 술과 과일을 사 오게 했다. 이윽고 이생은 제문祭文을 지은 다음 무덤 앞으로 가서 술을 뿌리고 지방紙榜을 불살랐다. 그 제문은 다음과 같다.

유세차維歲次 병인년 4월 을축삭乙丑朔 30일 갑오甲午, 한양의 정인情人 이랑李郎은 삼가 변변찮은 제수祭需를 갖추고 몇 줄 조문弔文을 지어 평양의 절부節婦 고故 오유 낭자의 영전에 한을 머금고 영결永訣을 고하오.
아아, 슬프도다! 아아, 통절하도다! 남편과 아내가 정다우니 그 백년가약을 지켜야 할 것이요, 아버지와 어머니가 낳아 주시고 길러 주시매 그 망극한 은혜를 저버려서는 안 되겠지요. 두 사람의 인연이 맺어지자마자 부친이 편찮으시다

---

32. **객점**客店 오가는 길손이 음식을 사 먹거나 쉬던 집.

는 급보가 어찌하여 이르렀던지? 서산에 해가 지니 부모님 모실 날 적은 것만 생각했거늘, 평생을 약속한 그대를 이리도 급작스레 잃게 될 줄 어찌 알았겠소?

떠나면서 말을 남기고 싶었지만 그리 못한 것은 어찌할 수 없는 사정 때문이었소. 집으로 가던 도중 되돌아오면서는 아버지 모습을 떠올리며 기뻐했고, 긴 숲길을 따라 다리를 건널 때는 멀리 별당을 바라보며 그대 생각에 가슴이 벅차올랐더랬소.

그러나 하늘의 이치는 믿기 어렵고 사람의 일은 어그러지는 것이 많아, 꽃은 홀연 뜰 앞에 떨어졌고 옥은 이미 방 안에서 부서졌구려. 아름다운 인연은 어긋나기 쉬워 홀로 날아가는 푸른 난새를 보고 가슴 아파하며, 외로운 혼은 원한을 품어 짝 잃은 봉황새를 보고 안타까워하오. 달밤에 두견새 우는 소리도, 봄바람에 나비 되어 날아다닌 꿈도, 천겁의 긴 긴 세월이 모두 허사가 되어 이젠 그대와 다시 만날 수 없게 되었소.

타고난 내 운명이 험난한 것만 가련할 뿐 그대를 늦게 만난 게 한스럽지는 않소이다. 애간장은 끊어져도 그대 향한 마음은 끊어지지 않을 것이오. 우리는 살아서 함께했으니 죽어서도 함께할 것이오. 낭자는 살아생전에 모든 일이 남달랐으니, 만약 지하에서 내 말을 듣는다면 조랑의 지극한 정에 감동하여 애경이 예전 인연을 이었던 것처럼[33] 한 번만이라도 다시 만날 수 있게 해 주오.
　글로는 말을 다하지 못하고, 말로는 뜻을 다하지 못하겠구려. 아아, 슬프도다! 상향尙饗.

　한 구절 읽을 때마다 울음을 삼키는 소리가 들렸다. 읽기를 마치자 무덤을 두드리며 목 놓아 울다가 기절하기를 세 번이나 반복했다. 하인이 애달파서 이생을 부축해 일으키며 말했다.
　"이미 지난 일이니 더 슬퍼하셔야 부질없사옵니다. 몸을 생각하셔서 마음을 조금 누그러뜨리십시오."
　이생이 눈물을 삼키며 목 메인 소리로 말했다.
　"네가 무엇을 안다고 이러느냐? 내가 이 사람과 비록 정식 혼례는 올리지 못했지만 이미 평생을 함께하자 약속했느니라. 나 때문에 병들었건만 약 한 번 해 주지 못했고, 나 때문에 죽었거늘 임종도 하지 못했으니, 어찌 원통하지 않겠느냐! 어찌 슬프지 않겠느냐! 내가 곡하는 건 저 사람 때문이 아니라 나의 사사로운 정분 때문이다. 사사로운 정분은 본래부터 나에게 있던 게 아니라 저 사람의 정 때문에 생긴 것이니, 한 사람의 정과 한 사람의 사

---

33. **조랑의 지극한~이었던 것처럼**　조랑趙郎과 애경愛卿은 『전등신화』剪燈新話 「애경전」愛卿傳의 남녀 주인공이다. 조랑은 죽은 아내 애경을 사무치게 그리워했는데, 그 정성에 감동되어 어느 날 밤 애경의 혼이 나타나 하룻밤을 같이 보낼 수 있었다.

사로운 정분이 절실하게 만났다면 누군들 이렇게 하지 않겠느냐? 내가 아니라 네가 이런 일을 당한다 하더라도 정말 이렇게 하지 않을 수 있겠느냐?"

그러고는 소매를 들어 눈물을 닦고 물을 가져다 얼굴을 씻은 뒤 부축을 받아 말에 오르더니 이윽고 선화당으로 들어섰다.

감사가 황급히 나와 맞이하며 깜짝 놀란 표정으로 물었다.

"춘부장의 병환이 어떠하시기에 이처럼 빨리 돌아왔나?"

이생은 집에서 온 편지를 소매에서 꺼내 보이며 말했다.

"부친의 병환이 다 나으셔서 이렇게 분부하시기에 어쩔 수 없이 도중에 돌아왔네."

"자네가 길 떠난 뒤로 밤낮으로 애태웠는데 이야말로 바라던 소식이군. 천만다행일세, 천만다행이야. 그런데 자네 얼굴은 왜 이리 심하게 수척해졌나?"

"급보를 받은 뒤로 여러 날을 길에서 지내다 보니 자연히 밥을 먹어도 맛을 모르겠고 잠을 자도 편치 않아서 그런 걸세."

"이번 일은 한때의 액운일 뿐이니 더는 심려 말고 더욱 부지런히 공부해서 하루빨리 부모님을 영예롭게 해 드리게."

술상을 내오게 하여 몇 마디 나누기도 전에 이생은 몸이 피곤하다는 핑계를 대고 별당으로 돌아왔다. 하눌타리[34] 열매가 지붕

---

34. 하눌타리 박과의 여러해살이 덩굴풀.

아래로 드리워 있고, 갈거미가 문에다 줄을 쳐 집을 지어 놓았다. 황량하니 아무도 없는 집에 오직 뜰 안의 꽃이 막 봉오리를 터뜨리며 자신을 맞이해 웃는 듯했고, 섬돌에 난 풀이 이슬을 머금은 모습을 보니 더욱 눈물이 날 것 같았다. 주인은 돌아왔는데 미인은 어디로 가고 별당만 덩그러니 홀로 남았는가? 이생은 그동안 집에 쌓인 먼지를 쓸어내고 자리에 누웠다. 세상만사에 마음이 없고 오장이 모두 끊어질 듯하더니 결국 온몸에 병이 들어 그렇게 며칠을 보냈다. 이러다가는 분명 죽게 되리라 생각했다.

달 밝은 밤이었다. 끙끙 신음하고 긴 한숨을 쉬며 자리에 누워 몸을 뒤척이고 있는데, 문득 담장 밖에서 곡소리가 들렸다. 원망하는 듯 하소연하는 듯 마디마디 서글픈 소리가 희미하게 들려오는 것이, 마치 죽은 낭자의 목소리 같았다.

이상한 일이다 싶어 병을 무릅쓰고 급히 일어나 옷을 걸쳐 입으며 창을 열었다. 고개를 들어 보니 달빛이 환하게 비치는데 사람 그림자가 얼핏 어른거리고 있었다. 가슴속에 품고 있던 바로 그 사람이었다. 옅은 화장에 소복 차림으로 낮은 담장에 기대서서 서글피 울부짖고 원망 어린 말을 하며 일의 전말을 남김없이 이야기하는데, 정녕 오유란의 혼령이었다. 이생은 반신반의하며 기쁘기도 하고 놀랍기도 하여 허둥지둥 뛰어나가 여인의 손을 잡고 말했다.

"참인가, 거짓인가? 낭자는 누구인가? 나는 모르겠어. 낭자가 아니라면 어찌 이리 원망하고 사모하는 마음이 절실하여 이토록 나를 감동시킬 수 있겠는가? 정말 낭자가 맞다면 왜 이리 정이 멀어져 이처럼 나를 멀리한단 말인가?"

"제가 바로 오유란입니다. 서방님은 문 밖의 무덤을 보지 못하셨나요? 제문을 지어 영결하신 것은 서방님의 마음 깊은 곳에서 우러나온 것이니, 저로서 어찌 영예로운 은총을 입은 것이 아니겠어요? 썩은 뼈에 다시 살이 돋고, 외로운 넋이 다시 사랑받게 되었기에 감사 인사를 드리고 싶었어요. 또 서방님께서 저를 생각해 주시는 마음에 감동하여 비록 저승에 있으나 참으로 서글픈 마음을 금할 수 없었어요. 그래서 오늘밤 서방님을 찾았을 뿐입니다."

이생이 자못 낭자의 뜻을 알아차리고 이런저런 말로 타이르며 말했다.

"이승과 저승의 길이 달라 사람들이 저승 사람을 꺼린다지만 당신과 나는 은정이 매우 절실하니 의심하는 마음이 있을 수 없지."

이생은 낭자의 소매를 끌고 별당 안으로 들어갔다. 이생은 집에서 급보가 오는 바람에 약속을 어길 수밖에 없었던 이유를 자세히 설명한 다음 낭자가 병들어 고통받던 일을 위로하는 한편 목숨을 끊은 절개에 감사했다.

낭자는 눈물을 거두고 자신의 신세를 토로했다.

"저는 본래 천한 신분으로 일찍 남편을 잃고 삼정[35]을 본받고자 마음을 굳게 지켜 왔습니다. 그러다가 서방님의 동정과 사랑을 받기에 이르러 저는 탁문군[36]의 들뜬 마음을 갖게 되고 예양[37]의 지조를 흠모하게 되었습니다. 비록 조강지처는 아니지만 평생 서방님 곁에서 시중을 들고자 했거늘, 좋은 일에는 마가 끼기 쉽고 아름다운 인연에는 방해하는 일이 많다더니 서방님은 홀연 만리 밖으로 떠나시고 말았지요. 살아서나 죽어서나 함께하자던 말도, 해와 달을 두고 변치 말자 했던 맹세도 지키지 못한 채 서방님은 이별의 말 한마디 없이 떠났고, 저는 서방님이 떠난 까닭도 몰랐습니다. 저는 이 때문에 병들어 누워 정신을 잃기에 이르렀어요. 실낱같은 목숨이 가련하니 구차하게 살아가는 게 편하다는 걸 모르지 않았으나, 평생 부끄러운 일이 많았기에 일찍 세상을 하직하는 게 도리어 낫다고 생각했습니다. 그리하여 옥이 부서지고 구슬이 물속에 잠기듯 제 한 목숨 버릴 것을 결심하여 불을 향해 뛰어드는 부나비처럼, 우물에 빠지는 갓난아이처럼 목숨을 끊어 버렸습니다. 제 타고난 운명이 기박한 걸 잘 알지만 서방님을 향한 깊은 원한이 왜 없었겠습니까?"

35. **삼정三貞** 의부義婦·절부節婦·열부烈婦를 말한다.
36. **탁문군卓文君** 한나라 때 여성으로, 청상과부일 때 사마상여司馬相如의 유혹을 받아 함께 달아났다.
37. **예양豫讓** 전국시대 진晉나라 사람으로, 주군主君인 지백智伯의 원수를 갚고자 조양자趙襄子를 살해하려 했으나 실패하고 목숨을 잃었다. 충렬忠烈을 상징하는 인물이다.

낭자는 그렇게 말하고 목메어 울기를 그치지 않았다. 이생이 위로하며 말했다.

"낭자와 나는 진정 천생연분이니 사람의 힘으로 감히 우리를 갈라놓을 수 없네. 봉황새와 난새가 짝을 잃었을 때 어찌 조각난 거울이 다시 하나로 합하고, 끊어진 거문고 줄이 다시 이어질 줄 생각이나 했겠는가? 실로 믿기 힘든 일이고, 몹시 희귀한 일이야."

그러고는 낭자와 이부자리에 나아가 기쁘게 한 몸이 되니 그 다정함은 예전 그대로였다. 이생은 낭자의 팔을 베고 뺨을 나란히 붙인 채 기쁨에 겨워 정답게 말했다.

"낭자는 죽은 사람이요 나는 산 사람 아닌가. 그런데 우리가 이승과 저승의 경계에서 만나 살을 맞대고 은근한 정을 나누는 게 예나 지금이나 조금도 차이가 없군. 어찌 된 일인지 모르겠어."

"이승과 저승이 전혀 다른 세계라는 말이 남들에게는 타당하겠지요. 그러나 저는 살아서 이미 서방님과 지극히 가까운 사이였으니, 지금 와서 제가 산 사람과 다르다고 의심할 일이 무엇 있겠습니까? 만약 다른 점이 있다면 애당초 가까이하지 않아야 옳을 일이요, 가까이하면서도 제게 의심을 두신다면 저는 서방님과 함께하지 않으렵니다."

이윽고 북두성이 서쪽으로 기울며 멀리서 종소리가 들려 왔다. 낭자는 베개를 한쪽으로 밀쳐 내고 옷을 추슬러 입더니 눈물을 뿌리며 작별을 고했다.

"서방님의 마음도 앞으로는 멀어지겠군요."

"밤늦게 와 놓고 왜 이리 빨리 떠나려는가? 또 마음이 멀어진다는 이야기를 어쩌면 그리도 성급히 하나?"

"귀신의 세계에서는 본래 일이 어그러지는 경우가 많아서 뜻하는 대로 이루기가 어렵답니다."

"그 무슨 말인가? 이 무슨 마음인가?"

이생은 낭자의 비단 적삼을 잡고 다음 만날 기약을 거듭 물으며 결코 낭자를 저버리지 않겠노라 맹세했다. 낭자가 돌아보며 목소리를 낮추어 말했다.

"서방님이 이처럼 다정하시니 제가 어찌 무정할 수 있겠어요? 삼가 분부를 따르겠습니다."

그 뒤로 매일 황혼녘이면 왔다가 닭이 울면 돌아가기를 되풀이하는 가운데 서로를 사랑하는 마음은 날로 새로워만 갔다.

그러던 어느 밤 이생은 한숨을 쉬며 말했다.

"낭자가 훌쩍 왔다가 훌쩍 가는 게 참으로 마땅찮아. 살아서는 한방에서 지내고 죽어서는 한 무덤에 묻히자는 맹세는 대체 어디로 간 건가? 한 사람은 살고 한 사람은 죽었으니, 내가 부끄럽기 짝이 없네. 내가 죽어서 낭자와 함께 갔다가 함께 온다면 더욱 좋지 않겠나?"

낭자는 두려운 얼굴로 말했다.

"서방님! 서방님! 이 무슨 말씀이세요? 저처럼 더없이 천한 몸이 죽었다 해서 슬퍼할 것도 없거니와 더구나 이미 다 지난 일 아닙니까. 그런데 이렇듯 존귀하신 서방님께서는 위로 부모님이 계시니 마땅히 자신을 소중히 여기고 아끼셔야 하거늘 어쩌면 이리도 경솔한 생각을 하십니까? 황공하기 그지없습니다."

"나는 부모님께 이미 불초하여 근심 끼쳐 드린 것이 많네. 한 번 살고 한 번 죽는 건 자연의 이치이니 피할 수 없지 않나. 성인인 공자께서도 백어를 잃는 참척[38]을 당하셨고, 현인 안자[39]께서도 요절을 면치 못하셨어. 그분들에 비하자면 먼지처럼 보잘것없는 나 같은 게 죽었다 해서 아까울 게 뭐 있겠나? 다만 걱정되는 건 병들어 죽을 때 그 고통을 견디기 어렵지 않을까 하는 것뿐이지."

"그런 일이라면 걱정하실 것 없어요. 묘리妙理가 있긴 한데, 그런 이야기는 차마 입에 올리지 못하겠군요."

"그 묘리란 게 뭔가?"

낭자는 입을 꾹 닫고 말하지 않았다. 두 번 세 번 채근해도 굳게 입을 다물고 있을 뿐이었다. 이생이 다가가 낭자의 팔을 잡고 거듭 말해 보라 하자 낭자도 끝내 어쩔 수 없다는 듯이 대답했다.

---

38. 백어를 잃는 참척 '백어'伯魚는 공자孔子의 아들인 공리孔鯉의 자字. 공리는 공자보다 먼저 죽었다. '참척'慘慽은 자식이나 손자가 부모나 조부모보다 먼저 죽는 것을 일컫는 말.
39. 안자顏子 공자가 가장 아끼던 제자인 안회顏回. 안회는 32세에 요절했다.

"사람이 병들고 죽는 것은 모두 귀신이 붙어서 술수를 부리기 때문인데, 그 아프고 괴로운 모양은 이루 다 형언할 수 없습니다. 하지만 지금 서방님을 모시고 있는 저 같은 경우라면 저들과 전혀 다르지요. 저는 병들어도 아프지 않고 죽었지만 산 사람과 다르지 않아서 영혼도 그대로 있고 감각도 그대로거든요."

"나도 그렇게 되어 함께 무한한 즐거움을 누리는 거야말로 내가 바라는 바인데, 낭자는 대체 뭘 꺼리는가?"

"그렇게 분부하시니 오늘밤 한번 해 보지요. 제가 하라는 대로 잘 따르시고 의심하지 마셔야 합니다."

낭자가 이끄는 대로 두 사람 모두 알몸인 채 꼭 껴안고 잠자리에 나아가 이불을 뒤집어썼다. 낭자가 말했다.

"하룻밤을 이렇게 있어야 효험을 볼 수 있답니다."

이튿날 동틀 무렵이었다. 낭자가 먼저 일어나 베갯머리에 앉더니 머리를 헝클어뜨린 채 눈물을 짜며 긴 한숨을 내쉬고 말했다.

"세상사 덧없기도 하지, 서방님이 별세하셨네!"

이생은 막 잠에서 깨어나 한편으로는 무슨 말인가 싶어 의심하고 한편으로는 놀라며 말했다.

"어제의 내가 지금의 나요, 지금의 내가 어제의 난데, 어제의 내가 나고 오늘의 나는 내가 아니란 말인가, 오늘의 내가 나고 어제의 나는 내가 아니란 말인가? 정신이 말짱하고 몸도 마음도 그대로여서 조금도 달라진 게 없는데. 단지 편안히 하룻밤 잤을 뿐 아닌가. 낭자는 괜히 슬퍼하거나 당황하지 말게."

"서방님은 못 믿으시겠어요? 제가 말한 묘리가 바로 이겁니다. 이런저런 얘기 길게 안 드리렵니다."

남쪽 벽으로 자리를 옮겨 잠시 바깥 동정을 살폈다. 동방이 이미 환하여 붉은 해가 창을 비추고 있었다. 창밖에는 못 보던 사람들의 기척이 있었는데, 그들은 안타까운 어조로 이런 말들을 주고받았다.

"청춘이 가련하구나!"

"부모님이 얼마나 슬퍼하실꼬!"

"높은 가문인데 애석하기도 하지!"

"객지에서 죽었으니 얼마나 원통할꼬!"

하인 몇 명이 문을 열고 들여다보는데, 어떤 자는 염할 때 쓰는 베를 겨드랑이에 끼고 있고, 어떤 자는 나무를 다듬어 맞추고 있었다. 이들이 어지러이 뒤섞여 들어와 뭔가를 하는데 어렴풋이 보이는 것이 마치 시체를 염하여 관에 넣는 모양 같더니 탁탁 못질을 해서 관 뚜껑을 덮고 나가는 것이었다. 이생은 그런 모습을 자세히 보고서야 비로소 자신이 정말 죽었나 보다 생각하게 되었다. 이생은 서글픈 마음에 눈물을 머금고 말했다.

"사람의 목숨이 어찌 이리 쉽게 간단 말인가? 나는 천지로부터 생명을 받았으되, 부모님께는 아들의 도리를 다하지 못했고, 친척 간에는 화목한 정을 나누지 못했다. 살아서는 세상의 어질지 못한 자였고, 죽어서는 지하에서 꾸지람을 받아야 할 신세로구나."

이생은 슬픔을 참을 수 없어 눈물을 비오듯 쏟았다.

옛말에 이르기를, "새가 죽을 때가 되면 그 울음이 슬프고, 사람이 죽을 때가 되면 그 말이 선하다"라고 했거늘, 참으로 헛된 말이 아니었다. 이생의 완전히 미혹된 눈으로도 자신이 죽었다 생각하고 제 처지를 돌아보니 한두 가닥 진실한 마음이 들지 않을 수 없었던 것이다.

그날 이후 낭자는 이생의 방을 무시로 출입했다. 한낮에 잠자리를 함께하며 즐거움을 나누기도 했고, 밤을 지새우며 술에 취해 담소하기도 했다. 즐거움은 다함이 없고, 사랑하는 마음 또한 끝이 없었다. 이생은 득의양양하여 이런 농담을 건넸다.

"낭자의 기묘한 수법 덕분에 내가 제명대로 다 살다가 편안히 생을 마쳤네. 제명대로 다 살다가 편안히 죽는 건 오복[40]의 하나이니, 너무 고마워서 뭐라고 감사를 드려야 할지 모르겠어."

낭자는 본래 총명하고 다정한 사람이었다. 낭자는 이생이 배고픈지 목이 마른지 자주 묻고는 그때마다 좋은 음식을 차려 올렸다. 이생이 그 음식들을 어디서 가져오느냐고 묻자 낭자는 이렇

---

40. **오복五福** 수壽(장수), 부富(부귀), 강녕康寧(건강), 유호덕攸好德(덕을 좋아하여 즐겨 베풂), 고종명考終命(제 명대로 다 살다가 편안히 죽음)의 다섯 가지 복.

게 대답했다.

"이 또한 묘방妙方이 있습니다."

"묘방이 뭔가?"

"음식 사냥이지요."

"'음식 사냥'이란 건 또 뭔가?"

"말로 설명드리기가 어려워요."

"말로 할 수 없다면 내가 한번 볼 수 있게 해 줘."

"정말 알고 싶으시면 따로 날을 잡을 것 없이 오늘 아침에 저랑 같이 가세요."

이생은 좋다고 하고는 갓과 옷의 먼지를 털고 외출 준비를 했다. 때는 음력 5월이라 날씨가 몹시 무더웠다. 낭자가 곁에 있다가 웃음을 터뜨리며 말했다.

"이처럼 지독한 더위에 뭣 하러 의관을 차려입으셔요?"

"저 넓은 거리의 수많은 눈이 나를 보고, 수많은 손가락이 나를 가리킬 텐데, 내가 무뢰배가 아닌 다음에야 어찌 헝클어진 머리에 갓도 쓰지 않고 나설 수 있겠나?"

"어쩌면 이리도 꽉 막히셨을까? 죽기 전과 죽은 뒤가 다르다는 걸 모르고 몸가짐을 바로 해야 한다는 말씀만 하시네요. 사람들은 우리를 보지 못하는데 보일까 의심하고, 사람들은 우리 말을 못 듣는데 들린다고 여기시는 거예요. 소리도 없고 냄새도 없는 게 하늘인데 귀신의 몸이 바로 그와 같고, 형태도 없고 자취도 없는 게 음양陰陽인데 서방님과 저의 움직임이 바로 그와 같아요. 꺼릴 게 무엇이며, 옷을 차려입을 필요가 어디 있겠어요?"

"사람들이 보지 못한다 해도 내 마음엔 부끄러움이 없을 수 없잖나."

이생은 그러면서도 귀신에게는 자취가 없다는 말을 옳게 여겨 가볍게 속옷만 입고는 낭자의 손을 잡고 문밖으로 나섰다. 제 모습을 돌아보니 혹시 남이 볼까 싶어 걸음은 엉거주춤 조심스러웠고 마음은 안절부절 불안하기 짝이 없었다. 장터를 지나 이방[41]의 집으로 들어섰는데, 3~4리를 지나오는 동안 수천 명을 보았으되 어깨를 스치고 팔을 부딪는 자가 많았지만 하나같이 자신을 보지 못하는 것 같았다.

이때 이방은 관아에서 집으로 돌아와 아침을 먹고 있었다. 낭자가 먼저 이방의 집 문 앞에 이르러 뒤를 돌아보고 말했다.

"서방님은 여기서 조용히 보고 계세요."

그러고는 냅다 뛰어들어가 밥상 앞에 앉았는데, 아무도 눈치채지 못하는 것이었다. 낭자가 왼손으로 이방의 뺨을 한 대 때리고, 오른손으로 이방의 가슴을 콕콕 세 번 쥐어박자 이방은 갑자기 순가락을 떨어뜨리고 두 손으로 가슴을 싸안더니 침을 줄줄 흘리고 눈알을 까뒤집으며 비명을 질러댔다. 온 집안이 깜짝 놀라 만

---

41. 이방吏房 아전을 말한다.

아들이며 막내딸이며 젊은 아내며 첩이 모두 달라붙어 구호했지만 상태가 나아지지 않았다. 가족들이 무당 장씨에게 묻고 맹인 오씨에게 가서 점을 치니 모두 이렇게 말했다.

"객사한 사내 귀신과 원한을 품고 죽은 여자 귀신이 한마음으로 모의를 하고 합심해서 해코지를 했기에 잠시 탈이 난 게로구나. 술과 음식을 푸짐하게 차려 놓고 귀신을 불러 배불리 먹이면 되겠다."

가족들은 점친 말이 용하다 싶어 떡을 사고 술을 사고 양고기를 삶고 염소고기를 굽고는 마당에 널찍하니 자리를 펴고 음식을 잔뜩 차려 놓았다.

"묘방이란 게 바로 이거예요!"

낭자는 그렇게 말하며 이생을 손짓해 불러 술을 권했다. 이생은 사양하다가 어쩔 수 없어 음식을 먹기 시작했다. 낭자는 따로 육포를 싸며 말했다.

"나중에 먹으려구요."

음식 보따리를 남자는 등에 지고 여자는 머리에 이고 제집으로 돌아왔다. 이생이 배를 문지르며 트림을 하더니 말했다.

"오늘 일은 정말 묘하기도 하지. 내가 살아생전에는 귀신이 있단 말을 전혀 믿지 않았지만, 이제 보니 과연 이승과 저승이 따로 있다는 걸 분명히 알겠어."

이로부터 이생은 의기양양하여 세상 전체를 제 손바닥 안에서 가지고 놀 수 있으리라 여겼다.

며칠 뒤 낭자가 또 물었다.

"한 번 더 배불리 드실 마음이 있으세요?"

"있지."

"마을 여기저기로 음식을 찾아다니는 건 너무 못난 일이고 고상하지 못한 행동입니다. 이번에는 사또께 가서 음식 사냥을 했으면 하는데, 서방님 생각은 어떠세요?"

"어허! 이 무슨 말인가? 그 사람과 나는 형제간이나 다름없는데, 내가 비록 열흘에 아홉 번 밥을 먹는다 한들 차마 친구를 탈나게 해서야 되겠나? 다른 곳을 찾아보자구."

"의리 때문에 그런 말씀을 하시는 겁니까, 정 때문에 그런 말씀을 하시는 겁니까? 가령 서방님께서 살아 계실 때 사또에게 음식을 얻어 잡수셨던 건 사이가 친밀해서 그러셨던 건가요, 정이 서로 멀어져서 그러셨던 건가요? 저는 친밀해서 그랬다고 생각해요. 생전이나 사후나 조금도 다를 게 없으니, 오늘 한 번 사냥을 나간다고 해서 꺼릴 게 뭐 있겠어요?"

"자네 말이 맞군."

낭자는 홑치마만 입은 채 일어서며 말했다.

"날이 너무 더우니 옷을 다 벗고 나가시지요."

"다 큰 어른이 어떻게 발가벗고 다니나?"

"서방님이 저번에 나가셨을 때 서방님을 볼 수 있는 사람이 있던가요?"

 이생은 그렇다 싶어 알몸으로 문밖에 나섰다. 거들먹거리며 걸었지만 초라하기 그지없는 모습이었다. 남근은 축 늘어져 두 팔을 움직일 때마다 끄덕끄덕 흔들거렸고, 주먹 반만 한 음낭은 양쪽 다리 사이에서 덜렁덜렁 움직였다. 훤한 대낮에 그 모습을 보고 누군들 웃지 않을 수 있겠는가마는 사또의 엄명이 있던지라 감히 혀를 놀리는 이가 없었다. 이런 모양을 하고 성문 안의 인파를 헤치고 걸어가 곧장 선화당 대청 위로 올라갔다. 낭자가 뒤로 물러서며 속삭였다.

 "사또가 저기 계십니다. 서방님은 접때 제가 이방의 집에서 했던 대로 들어가서 사또를 때리고 그 행동거지를 잘 살펴보세요."

 "나는 처음 해 보는 일이라 좀 꺼림하구먼."

 "하나도 어렵지 않은 일이어요. 저는 신분의 차이가 있어 감히 못하지만 서방님이야 꺼리실 게 뭐 있습니까?"

 이생은 어쩔 수 없이 살금살금 다가갔다. 감사 앞에까지 온 이생은 머뭇머뭇 서성이며 자기 모습이 보일 것 같고 눈치채일 것 같아 차마 사또를 때리지 못했다. 이생이 주의 깊게 상대를 살피고 있는데, 감사가 가만히 담뱃대로 이생의 배를 콕콕 찌르며 말하는 것이었다.

 "내 친구는 점잖은 사람인데 왜 이런 꼴을 하고 있나?"

 이생은 깜짝 놀라 털썩 주저앉으며, 그제야 비로소 자기가 살아 있다는 것을 깨달았다. 3월의 봄날 술에 취해 몽롱하게 꾸던 꿈이 깨면서 한바탕 업풍[42]이 불어오니, 그동안 멍하니 뭔가에 홀려 있었던 게 틀림없었다. 속았다는 것을 깨닫자 부끄럽기도 하고 분하기도 하며 넋이 빠진 듯 어리벙벙하여 어찌할 바를 몰랐다. 감사가 즉시 옷 한 벌을 가져와 입히게 하니, 이생은 더욱 수치스러운 마음을 견딜 수 없었다.

이생은 채비를 하여 감사도 보지 않고, 미녀도 보지 않은 채 밤낮으로 길을 가서 서울에 이르렀다. 이생의 부모는 아들의 얼굴이 누렇게 뜬 모습을 보고 근심했고, 하인들은 그 행색이 초라함을 보고 의아해 했다. 이생은 이렇게 둘러댔다.

"도중에 낭패를 당해 병이 나서 고초를 겪었습니다."

이생은 서재로 돌아와 이 분한 마음을 씻어 내리라 굳게 맹세하고는 부지런히 쉬지 않고 학업에 매진했다.

그해 늦가을에 마침 알성시[43]가 있었다. 이생은 시험에 응시하여 다행히도 급제자 명단에 이름을 올렸다. 이생은 과거에 급제한 뒤 곧이어 한림학사[44]로 뽑혔다. 부모는 기뻐하며 영광으로 여겼고, 친척들은 모두 경사스러워 했으며, 주변 사람 모두가 들썩

༺༻༺༻༺༻

[42] 업풍業風 불교에서 업業을 바람에 비유한 말. 업을 쌓으면 그 과보果報를 반드시 받게 된다.
[43] 알성시謁聖試 임금이 성균관에 거둥하여 문묘文廟의 공자 신위神位에 참배한 후 보이던 과거 시험.
[44] 한림학사翰林學士 예문관 검열檢閱의 별칭. '검열'은 사초史草를 작성하는 일을 담당하던 정9품 관직.

이며 입에 침이 마르도록 이생을 칭찬했다.

　이때 평안도에 기근이 들어 민심이 흉흉했다. 임금께서 심려하시며 신하들과 대책을 논의한 결과 암행어사로 선발된 이는 바로 이한림李翰林이었다. 한림은 새로 임명되어 임금께 숙배[45]하고는 예전의 수치를 설욕할 수 있는 기회가 온 것을 몹시 다행스럽게 여겼다.

　한림은 행장을 꾸려 즉시 출발했다. 한 굽이 또 한 굽이 길을 돌아 평안도에 이르렀다. 여유로운 마음에 당당한 기세로 길을 가는데, 지나는 산천마다 예와 다름없는 풍경이었다. 강물은 쉬지 않고 흘러, 두 줄기 강물 나뉜 곳에 능라도[46]가 있고, 산봉우리는 눈에 삼삼한데, 세 산의 절반쯤 위치에 모란봉[47]이 있었다. 세월은 흘렀지만 강산은 그대로이니 흥취를 참을 수 없었다. 이생은 시 한 편을 지어 읊조렸다.

　　대동문[48] 밖 강물은 남으로 흐르는데
　　돛단배 하나 옛 모래톱에 정박해 있네.
　　천지간에 부쳐 사는 이 몸 이제야 껍질 벗고[49]

※※※
45. **숙배肅拜**　임지任地로 가는 관원이 임금에게 작별을 아뢰던 일.
46. **능라도綾羅島**　대동강 가운데 있는 섬.
47. **모란봉牡丹峯**　평양 북쪽에 있는 작은 산.
48. **대동문大同門**　평양 동쪽에 있는 성문.
49. **이제야 껍질 벗고**　과거에 급제해 벼슬아치가 되었음을 뜻한다.

낯익은 강산에서 다시 누각에 오르네.

영명사[50] 깊은 곳엔 스님이 잠자고 있고

부벽루[51] 높은 곳엔 나그네가 수심에 잠겨 있네.

암행어사라 누구도 알지 못하거늘

무거운 성은聖恩 입어 봄과 짝하여 노니네.

읊기를 마치고는 채찍을 휘둘러 연광정[52]에 올랐다. 눈 비비고 사방을 둘러보니 지난날 거처하던 별당이 아스라이 눈에 들어왔다. 이에 술을 한 병 갖다 놓고 노래를 불렀다.

복사꽃 동산이여

지난날의 유랑[53]이 오늘 다시 왔건만

풍경은 변했고 알아보는 이도 없네.

지팡이 짚고 비실비실 걷나니

해진 베옷은 남루하기도 하군.

아득한 세상 눈에 들어오나니

---

50. **영명사**永明寺 평양 금수산錦繡山에 있는 절.
51. **부벽루**浮碧樓 평양 모란대 밑 절벽 위에 있는 누각. 대동강을 끼고 있으며 경치가 아름답기로 유명하다.
52. **연광정**練光亭 평양 대동강 가에 있는 정자. 대동강을 내려다 볼 수 있는 바위 위에 있다.
53. **유랑**劉郞 후한後漢 때 사람인 유신劉晨을 가리킨다. 유신이 약을 캐러 천태산天台山에 들어갔다가 선녀를 만나 즐겁게 지내다 집에 돌아오니 그동안 세월이 흘러 자손이 7대째나 내려갔더라는 고사가 있다.

때가 왔도다! 큰 공을 이뤄

남아의 큰 뜻을 이루리라.

그러고는 수행하는 하인과 무엇인가 단단히 약속을 하는 것이었다.

그날 한밤중에 역졸[54] 십수 명이 마패[55]를 높이 들고 저마다 몽둥이를 들어 평양성의 세 문을 두드리며 일시에 함성을 질렀다.

"암행어사 출두야!"

사방 백 리에 천둥벼락이 진동하고 평양성 안은 천지가 온통 뒤섞인 듯했다. 관아의 하인들과 이방은 어사의 분부를 받드느라 분주히 뛰어다니고, 좌수[56]와 별감[57]은 큰길가 정자에서 눈을 휘둥그레 뜨고 있었다. 모두들 허둥지둥 황급하기 이를 데 없어 마치 솥이 끓어오르는 듯했다.

감사는 그때 수청 기녀 계월이와 한창 정사情事를 벌이고 있던 중이었는데, 문밖에서 느닷없이 "암행어사 출두야!" 하는 소리를 듣고는 허둥지둥 급히 일어났다. 불을 밝힐 겨를도 없어 어둠 속

---

54. **역졸驛卒** 역驛에 딸려 심부름하는 사람. 어사가 출두할 때 어사의 지휘를 받아 임무를 수행한다.
55. **마패馬牌** 암행어사의 인장. 어사가 출두할 때 역졸들이 이를 손에 들고 '암행어사 출두'를 외친다.
56. **좌수座首** 조선 시대 고을 수령을 보좌하는 자문기관인 향청鄕廳의 우두머리로, 고을의 각종 이권利權에 개입했다.
57. **별감別監** 향청의 직책으로, 좌수의 버금자리.

을 더듬어 손에 걸리는 대로 겨우 옷 한 벌을 찾아 거꾸로 입고 보니 바로 계월이가 입었던, 가랑이 폭이 넓은 비단 고쟁이였다. 감사가 관아 안으로 달려가는데 그 모양이 참으로 괴상망측했고, 계월이는 알몸인 채로 바삐 나와 감사를 따라갔다. 감사는 본래 우스개를 잘하는 사람이라서 난리가 벌어진 와중에도 계월이 허리 아래의 가냘픈 다리 사이를 가리키며 농담을 했다.

"추워서 감기에 걸렸느냐? 왜 그리 콧물이 줄줄 흐르느냐?"

계월은 문득 돌아보고 되받아 말했다.

"사또는 승진하셔서 임금께 관작官爵을 수여받으십니까? 어찌 신腎이 반열에서 나와 혼자 솟아 있답니까?[58] 지금 이 위급한 때에 그런 농담이 나오십니까? 정신 좀 차리시고 잘하시기 바랍니다."

이처럼 허둥지둥하고 있는 사이에 어사는 벌써 선화당에 들어가서 의자에 높이 걸터앉아 지엄한 분부를 내렸다.

"봉고[59]를 거행하고, 형구刑具를 대령하라! 누구를 막론하고 명함 들이는 일을 금하라!"

명령이 하달되자 아전과 하인들이 앞다투어 감사에게 이 사실

---

58. **신腎이 반열에서~솟아 있답니까** '신'腎(음경陰莖)과 '신'臣의 발음이 같은 것을 이용한 언어유희다. '반열班列에서 나온다'는 것은 본래 조정에 늘어선 여러 신하 가운데 한 사람이 나아가서 임금에게 아뢰는 일을 말하는데, 여기서는 남근男根이 발기한 것을 비유한 말로 썼다.
59. **봉고封庫** 물품의 출납을 못하도록 관아의 창고를 봉하여 잠그는 일. 지방관의 부정이 드러났을 때나 지방관의 부정을 밝히고자 할 때 시행한다.

을 고하였다. 감사는 모면할 길이 없겠다고 생각하는 한편 어사로 온 사람이 누구인지 몰랐기에 통인 몇 명을 시켜 어사의 동정을 살펴보고 그 생김새를 알아오게 했다. 이윽고 통인이 돌아와 보고했다.

"어사는 연세가 서른 살쯤인 듯한데, 용모와 행동이 예전의 이서방님[60]과 흡사해 보입니다. 참 이상한 일입니다."

감사는 반신반의하며 확신할 수 없자 오유란을 불러 분부했다.

"너는 이서방과 다정하고 친밀했던 사이가 아니냐. 지금 어사 또가 이서방과 꼭 닮았다고 하는데 그 진위를 모르겠으니 네가 가서 살펴보고 자세히 아뢰도록 해라."

오유란이 물러나 선화당으로 가서 몸을 숨기고 자세히 엿보니, 오늘의 어사는 바로 지난날의 이서방이요, 지난날의 이서방은 바로 오늘의 어사가 아닌가. 시절은 비록 다르지만 사람은 똑같은 사람이어서 조금도 틀림이 없었고 조금도 의심이 있을 수 없었다. 란은 돌아와 아뢰었다.

"너무 심려하지 마십시오. 어사또는 바로 지난날의 이서방님입니다."

감사가 기쁜 얼굴로 말했다.

---

60. 이서방님 '서방님'은 아내가 남편을 높여 부르는 말로도 쓰이지만, 벼슬이 없는 젊은 사람을 상사람이 높여 부르는 말로도 쓰인다.

"이 친구가 과거에 급제했다는 소식은 벌써부터 알고 있었지만, 오늘의 암행어사일 줄은 미처 몰랐구나."

이에 감사는 달아났던 넋을 수습하고 옷차림을 바로 한 뒤 통인 하나를 시켜 어사에게 명함을 갖다 바치게 했다. 어사는 이를 밀쳐내며 노기 어린 목소리로 말했다.

"나는 본래 너를 모르는데 사또가 명함을 들이려 하는 건 무슨 이유냐?"

어사는 즉시 통인을 결박하고 곤장 30대로 다스리게 했다. 감사는 어사가 자신을 내치려는 이유를 다 탐지한 뒤 어사를 직접 만나보고자 했으나 수중에 가진 명함이 더 없었다. 감사는 안으로 뛰어들어가 거만한 자세로 서서 어사에게 말했다.

"벗은 평안하오?"

어사가 못 본 척, 못 들은 척하자 감사는 앞으로 다가가 어사의 손을 잡고 말했다.

"자네는 진짜 남자로군. 뜻을 굳게 가진 자가 끝내 성공한다[61]는 말 그대로일세. 오늘 내가 곤경에 빠져 위급한 처지가 된 것이 지난날 자네가 속임 당하던 때 못지않네. 한번 깊이 생각해 보게. 자네가 순식간에 영예로운 자리에 오른 게 내 한결같은 정성 때

---

61. **뜻을 굳게~끝내 성공한다** 본래 후한 광무제光武帝가 개국공신 경엄耿弇이 여러 전투를 승리로 이끈 데 감격하여 한 말.

문은 아니었는지 말일세. 그렇게 본다면 나는 형을 저버리지 않은 사람이라 할 수 있을 것이네."

어사가 생각에 생각을 거듭하더니 문득 마음이 풀어지며 입에서 저도 모르게 웃음이 피어났다. 어사가 말했다.

"이미 지난 과거고 다 지나간 일이지."

그러고는 술상을 차려 오게 하여 술을 마시며 즐거움을 나눴다. 감사는 자기의 속임수가 너무 지나쳤던 것을 사과하는 한편 어사의 은혜를 입게 된 것에 감사했다. 어사는 술이 얼큰하게 취하여 웃으며 말했다.

"'오늘은 소유문이 친구와 술을 마시지만, 내일은 기주 자사로서 일을 처리하겠다'⁶²라는 말이 있더니 그게 바로 내가 할 말일세."

이튿날 날이 밝자 어사가 관아에 나와 앉았다. 어사는 형구刑具를 잔뜩 벌여 놓고 오유란을 결박하여 섬돌 아래 거적에 엎드리게 한 뒤 집무실 문을 닫고 그 안에서 노기 어린 음성으로 말했다.

"네 죄를 네가 알렷다! 곤장을 쳐 물고⁶³하리라!"

※※※

62. **오늘은 소유문이~일을 처리하겠다** 소유문蘇孺文은 강직하고 사심없는 인물로 이름이 높았던, 후한의 문신 소장蘇章을 말한다. '유문'은 그 자字이다. 일찍이 기주 자사冀州刺史로 있을 때 관할 지역의 태수太守를 지내던 친한 친구가 부정을 저지른 것을 알게 되자 그 친구를 청해 술자리를 베풀고는 "오늘밤 소유문이 친구와 술 마시는 것은 사사로운 은정에 따른 것이고, 내일 기주 자사로서 일을 처리하는 것은 공변된 법에 따를 것이네"라고 말한 다음, 이튿날 친구를 법대로 처벌했다는 고사가 있다.
63. **물고物故** 죄인을 죽임.

란은 낮은 목소리로 간절히 아뢰었다.

"저는 우매하여 무슨 죄를 지었는지 모르겠나이다."

어사가 문을 치며 성난 목소리로 꾸짖었다.

"하찮은 계집이 장부를 속이고 기롱하여 산 사람을 죽었다고 하고 멀쩡한 사람을 귀신이라 했으면서 어찌 죄가 없다 하느냐? 어서 죄를 자백해라!"

란은 더욱 애걸하며 말했다.

"어사또께서는 잠깐 문을 열고 저를 한 번 보아 주시기 바라옵니다. 한 가지 드릴 말씀이 있습니다. 소원을 들어 주신다면 저는 곤장 아래 귀신이 된다고 해도 원통함이 없을 것이옵니다."

어사는 본래 다정한 사람인지라 란의 말을 들어줄 겸 예전의 그 얼굴을 다시 한 번 보고 싶은 마음에 문을 열고 잠시 자신의 모습을 보여 주었다. 란은 어사를 올려다보고 방긋 웃으며 말했다.

"산 사람을 죽었다고 하긴 했으나 산 사람은 자기가 죽지 않았음을 분간하지 못했고, 멀쩡한 사람을 귀신이라고 하긴 했으나 그 사람은 자기가 귀신이 아니라는 걸 깨닫지 못했으니, 속인 자가 잘못이옵니까, 속임을 당한 자가 잘못이옵니까? 그렇게 속이는 자야 더러 있을 수 있다지만 그렇게 속임 당한 자가 세상에 또 있겠습니까. 게다가 저는 졸개로서 오직 장군의 명령에 따른 것일 뿐이옵니다. 일을 주장한 분이 계시고, 책임을 돌릴 곳이 있는데, 졸개를 굳이 죽이셔야 하겠습니까?"

어사는 그 말을 듣고 분한 마음이 여전히 없지 않았지만 사실이 또 그러함을 인정하지 않을 수 없었다. 즉시 결박을 풀어 주고 오유란을 마루 위로 올라오게 했다. 어사는 한바탕 껄껄 웃으며 너그러운 얼굴로 말했다.

"너는 묘령의 기녀요 나는 젊은이였으니 그런 일이 있었다는 게 괴이할 것도 없다마는 중간에서 일을 꾸민 자야말로 정말 흉측하고 못됐지. 하지만 지금 와 생각해 보니 따질 일도 못 되는구나."

그러고는 술상을 차려 잔치를 베풀고 옛정을 충분히 나누며 며칠을 더 머물렀다. 공무와 관련된 다른 일들에 대해서는 모두 그 실정대로 따져 처벌할 일이 있으면 처벌했고, 관할 고을 수령들에 대해서도 상 줄 자는 상을 주고 벌할 자는 벌하니 원통하거나 억울한 자가 한 사람도 없었다.

그렇게 지내는 동안 세월이 흘러 8, 9월이 되었다. 어사는 다시 조정의 벼슬에 임명되니 영예로운 명성이 멀리까지 퍼졌다. 그해에 감사 역시 임기를 마치고 조정으로 돌아왔다. 두 사람의 우정은 한결같이 두터웠다. 승진을 거듭하여 두 사람 모두 영의정에 올랐으니, 임금을 보필하는 덕과 나라를 다스리는 공이 한나라의 소하와 조참,[64] 당나라의 방현령과 두여회[65]처럼 높았던 것이 40

---

64. **소하**蕭何**와 조참**曹參 한나라 고조高祖의 공신功臣들로서, 유능한 재상으로 이름 높다.

여 년이나 지속되었다.

그리하여 그 시말을 기록하여 이야기의 자료로 삼는다. 정 많은 사람이 이 글을 본다면 장대의 버들이 꺾여 미인의 한이 끝없다[66]는 말을 실감할 것이요, 뜻 있는 사람이 이 이야기를 듣는다면 모산에서 약을 얻어 온 장부의 일[67]을 귀감으로 삼을 만하다고 여길 것이다. 아아, 젊은이들은 이를 보고 삼갈지어다!

---

65. **방현령房玄齡과 두여회杜如晦** 당나라 태종太宗 때의 어진 재상들.
66. **장대章臺의 버들이~한이 끝없다** 당대唐代 전기소설傳奇小說 「유씨전」柳氏傳의 여주인공인 유씨柳氏가 안녹산의 난을 당하여 연인 한익韓翊과 헤어진 뒤 결국 사타리沙吒利에게 잡혀가 그 첩이 된 것을 가리키는 말.
67. **모산에서 약을~장부의 일** 당대의 전기소설 「무쌍전」無雙傳에 나오는 이야기. 「무쌍전」의 남녀 주인공인 왕선객王仙客과 유무쌍劉無雙은 어릴 때 정혼한 사이였는데, 무쌍의 아버지가 화를 입자 무쌍은 잡혀가 궁녀가 되었다. 왕선객이 협객 고압아古押衙에게 부탁하여 무쌍과 만나게 해 달라고 하자, 고압아는 모산茅山에 있는 도사에게 영약靈藥을 얻어왔다. 그 약은 먹으면 일단 죽었다가 3일 후 깨어나는 약이었다. 고압아는 궁궐에 잠입해 무쌍에게 영약을 먹였다. 궁중에서는 무쌍이 죽은 줄 알고 그 시신을 궁궐 밖으로 내보냈으며, 이에 두 사람은 다시 만나 부부가 되어 해로하였다.

금강산의 신선놀음

안서우

사동社洞¹에 김생金生이란 사람이 있었다. 김생은 성품이 본래 허황되어 신선을 좋아했고, 글을 잘 지었다. 명승지라고 하면 가 보지 않은 곳이 없었으며, 가는 곳마다 시를 읊었는데, 그가 지은 시 구절이 간혹 세상에 퍼지기도 했다.

어느 날 김생은 동대문 밖에서 산사山寺의 승려를 만나고는 기뻐서 물었다.

"그대는 어느 산의 승려시오?"

"저는 금강산에서 태어나 금강산에서 자랐습니다. 세상에 뛰어난 선비를 항상 흠모해 왔으나 눈에 드는 사람을 아직 보지 못했습니다. 최근 족하²께서 표연히 세상을 버릴 뜻을 가지고 있다는 말을 들었기에 그 풍채를 상상해 보았는데, 속세의 열 길 티끌 속

---

1. **사동社洞** 지금의 서울 종로구 사직동 일대.
2. **족하足下** 상대방을 높여 이르는 말. 요즘의 '귀하'쯤에 해당한다.

에 묻혀 있는 분으로 생각할 수 없었습니다. 제 나이 올해로 아흔이되 도성 안의 길을 모른 지 오래였는데, 이제 선비님 때문이라면 속세 사람들에게 비웃음을 받아도 좋겠습니다."

김생은 이 말을 듣고 놀랍고도 기뻐서 제 분수는 모르고 옛날 백거이가 양휴³를 만난 격이요 소동파가 도잠⁴을 만난 격이라고 저 혼자 생각했다. 김생은 말했다.

"나는 빈한한 선비입니다. 과거 공부를 하려 했으나 주자께서 경계하신 바⁵가 있어 못했고, 농사를 지어 볼까 했으나 공자께서 기롱하신 바⁶가 있어 못했습니다. 그러다 뒤늦게 속세 밖의 무리를 좋아하여 명산이라 하면 안 가 본 데가 없습니다만, 한 가지 한스러운 일은 유독 금강산을 보지 못했다는 것이지요. 오늘 아침 스님을 만난 것이 어찌 하늘의 가르침 때문이라 아니 하겠습니까? 기쁘게도 지금에야 드디어 숙원을 풀게 되었군요."

두 사람은 다시 만날 약속을 하고 헤어졌다.

그때 마침 같은 마을에 살던 신생申生이란 사람이 회양⁷의 수령이 되었다. 신생은 본래 김생과 친하게 지내던 사이였다. 김생은

---

3. **양휴陽休** 당나라의 시인 백거이白居易와 교유했던 승려.
4. **도잠道潛** 송나라의 문인 소동파와 교유했던 항주杭州의 고승高僧.
5. **주자께서 경계하신 바** 주자朱子 곧 송나라의 도학자 주희朱熹는 과거 공부가 학문에 방해가 된다고 하여 제자들이 그에 진력하는 것을 경계했다.
6. **공자께서 기롱하신 바** 공자孔子는 그의 제자 번지樊遲가 농사일에 대해 묻자 큰 일을 놓아두고 작은 일을 배우고자 함을 기롱한 바 있다.
7. **회양淮陽** 강원도의 고을 이름.

신생을 찾아가 말했다.

"내가 접때 신령스러운 스님과 금강산에서 만나기로 약속했는데, 지금 자네가 그 고을 수령으로 나가게 되었으니, 나로서는 신령스러운 곳을 관광할 절호의 기회일세. 연일 비가 내리다가 이제 막 개어 초가을 청량한 기운이 가득하니 금수강산의 풍경이 갑절은 아름다울 것 같군. 자네가 나를 버려두진 않겠지?"

신생은 허락하고 임지에 도착하자마자 즉시 그 승려를 불러 물었다.

"김생과 만나기로 약속한 적이 있느냐?"

"그렇습니다."

"삼신산은 진시황과 한무제의 위세로도 끝내 어디 있는지 찾을 수 없었다.[8] 그러니 세상에 어찌 신선이 있으며 어디에 삼신산이 있단 말이냐? 네가 말하는 삼신산이란 황당무계한 얘기가 아니냐?"

"이른바 삼신산이라는 것은 예부터 전해 오는 말이라 진위를 잘 모르겠습니다만, 신선이 없다는 건 저도 잘 알고 있습니다."

"그렇다면 김생은 신선을 좋아하는 자이니 여기에 오면 분명히 너를 따라 신선을 찾으려 할 텐데, 장차 어쩔 것이냐?"

"저는 본래 김생이 신선을 좋아한다는 말을 듣고 그 미혹됨을

---

8. **삼신산은 진시황과~찾을 수 없었다** '삼신산'三神山은 신선이 산다는 봉래산蓬萊山, 방장산方丈山, 영주산瀛洲山을 말한다. 진시황과 한무제漢武帝는 모두 불로장생을 염원하여 신하들을 파견하여 신선세계를 찾게 한 일이 있으나 끝내 찾지 못했기에 한 말이다.

풀어 주고 싶었습니다. 그래서 그 사람을 직접 보고는 금강산에서 만나기로 약속하고 돌아왔던 것뿐입니다."

"네 생각이 내 생각과 꼭 같구나."

신생은 이어서 말했다.

"김생이 오면 필시 너를 찾을 텐데, 내가 김생에게 네가 신선이 되었다느니 운운하면 김생은 그 말을 믿고 너를 찾으러 금강산에 가려 하겠지. 그때 나는 유능한 아전 중에서 나이 많은 사람 둘을 뽑고 관아에서 심부름하는 아이 둘을 뽑아서 이들을 먼저 산등성이에 올라가 있게 해 두었다가 이러이러하게 하도록 하려 한다. 또 젊고 잘생긴 관리를 뽑아 김생과 함께 금강산을 유람하고 돌아오게 할 작정이다. 나는 숨어 있고 젊은 관리 하나로 하여금 가짜 사또 행세를 하게 해서 김생을 맞이하게 할 거다. 내 계책이 어떠하냐?"

"참 훌륭합니다."

신생은 그렇게 약속을 해 두고 승려를 보냈다.

얼마 뒤에 김생이 도착했다는 소식이 왔다. 신생은 김생을 불러들여 술과 안주를 차려 놓고 함께 술잔을 주고받았다. 김생이 얼큰히 취하자 신생이 말했다.

"왜 이리 늦었나? 내가 부임한 지 10여 일이 지나서 자네가 말하던 신령스러운 스님을 불렀더니 벌써 신선이 되어 행방이 묘연하다더군."

김생이 대꾸했다.

"자네는 속세와의 인연이 많기 때문에 그 스님이 여기 있다 해도 일부러 자네를 만나지 않으려 했을 거야. 내가 가서 찾으면 만나는 데 아무 문제가 없을 걸세."

김생은 그날로 당장 짚신을 신고 삿갓을 쓴 채 신령스러운 스님을 찾아 나섰다. 스님은 백천동[9] 어귀에서 미리 기다리고 있다가 김생을 보고는 반갑게 맞이하며 웃음 띤 얼굴로 말했다.

"왜 이리 늦으셨습니까? 오래전부터 고대하고 있었습니다."

손을 잡고 올라가 산꼭대기에 이르니 푸른 학이 모여들고 흰 구름이 사방에 자욱했다. 스님이 말했다.

"풍경이 어떻습니까?"

"팔도를 두루 유람했지만 이처럼 기묘한 경치는 보지 못했습니다."

"이곳 옆에 두 분의 신선이 계신데 만나 보시렵니까?"

김생이 기뻐하며 말했다.

"대사님을 통하지 않고서야 제가 어찌 그분들을 뵐 수 있겠습니까?"

스님이 김생의 손을 잡고 한곳으로 가니 바둑판이 놓여 있었다. 방금까지 바둑을 두고 있던 것처럼 보였지만 신선들은 어디

---

9. **백천동**百川洞 내금강內金剛에 있는 골짜기.

로 갔는지 알 수 없었다. 스님은 바위굴 속에 김생을 숨기고 다시 올라가 바둑판 앞을 지키고 서 있는데 마치 누군가를 기다리는 것 같았다.

이윽고 두 노인이 고목 안에서 나와 다시 바둑을 두기 시작했다. 스님이 서 있었지만 두 노인은 곁에 아무도 없는 듯이 행동하는 것이었다. 스님은 김생을 향해 눈을 찡긋해 보이며 말했다.

"오십시오."

김생은 두려워 설설 기며 바윗길을 힘겹게 올라갔다. 바둑 두던 노인이 말했다.

"속세의 냄새가 어디서 나는 걸까?"

노인은 푸른 옷을 입은 동자 두 명을 불러 말했다.

"얘들아, 가서 살펴보고 오너라!"

동자들은 즉시 바윗길을 백 걸음 남짓 내려갔다. 바위굴에 숨어 있던 김생은 두 명의 동자를 보고는 고개를 숙이고 목을 움츠린 채 몸 둘 바를 몰라 했다. 동자가 꾸짖었다.

"너는 뭐 하는 자이기에 망령되이 이 땅에 왔느냐?"

즉시 몇 길 되는 푸른 등나무로 몸을 꽁꽁 묶고는 두 노인 앞으로 끌고 갔다. 스님은 그때까지도 노인들 곁에 서 있었다. 노인이 꾸짖었다.

"너는 누구냐? 어떻게 이곳까지 왔느냐?"

김생은 너무도 두려워 제 입에서 무슨 말이 나오는지도 모르는 채 대답했다.

"제가 여기 온 게 본래는 제가 그러려던 게 아니오라 저기 저 스님과 함께 우연히 왔던 것인데, 불행히도 어르신들께 실례를 범하고 말았습니다. 죽음을 내리신들 애석할 게 없습니다."

노인은 동자를 시켜 스님을 결박하게 하고는 성을 내는 척하며 말했다.

"너는 본래 이 땅에 살던 자이면서 어찌하여 속세 사람을 끌어다 은세계[10]를 더럽혔느냐? 네 죄가 저 사람보다 더 중하니 먼저 네 죄를 다스린 다음에 저 사람을 벌하리라."

즉시 재가 담긴 자루 백여 개를 가져다 바람에 날리니 골짜기 안이 온통 깜깜해져 곁에 있는 사람조차 보이지 않았다. 김생이 달아나려 하는데 문득 구름과 안개가 자욱한 속에서 몽둥이 소리가 들렸다. 스님을 매질하는 소리였다. 김생은 바위틈에 숨었다. 갑자기 골짜기에 드리웠던 어둠이 걷히더니 동자들이 김생을 찾아냈다. 동자들은 다시 김생을 결박하여 두 노인 앞으로 끌고 가서 말했다.

"이 사람이 달아나 바위틈에 숨어 있었으니 그 죄가 어떠합니까? 공자는 '하늘에 죄를 지으면 달아날 곳이 없다'[11]라고 했습

---

10. **은세계銀世界** 속세의 더러움이 없이 깨끗한 선계仙界.
11. **하늘에 죄를~곳이 없다** 『논어』「팔일八佾에 나오는, 공자孔子의 말. 『논어』에는 원래 '달아날 곳이 없다'가 아니라 '빌 곳이 없다'라고 되어 있다.

니다. 이 사람은 하늘에 죄를 얻고도 달아나려고 했으니, 이는 하늘의 뜻을 어긴 것입니다. 마땅히 중벌로 다스려야 할 것이요, 설사 인간세계로 돌려보낸다 하더라도 사람으로 있게 해서는 안 됩니다. 미친개로 만들어 속세에서 이 자를 잡아먹게 만드는 것이 어떻겠습니까?"

노인은 말했다.

"그러자꾸나."

노인은 즉시 김생을 커다란 너럭바위 위에 세우더니 옷을 발가벗기고 엎드리게 했다. 그러고는 두 동자로 하여금 큰 몽둥이를 들고 서서 재가 담긴 자루를 또 한 번 열어 바람에 날리게 했다. 이때는 날이 저물어 갈 무렵이었기에 골짜기 안이 칠흑처럼 캄캄해서 천지를 분간할 수 없었다. 두 명의 동자는 바위 양쪽 가에 서서 김생의 볼기를 20여 대쯤 내리쳤다.

이윽고 골짜기에 가득하던 재가 걷히며 밝은 달이 산마루 위로 떠올랐다. 스님은 꿇어앉아 매질을 그치게 하며 말했다.

"이 사람은 저 때문에 여기 온 것이니 모두 제 잘못입니다. 제가 대신 벌을 받게 해 주십시오. 또 이 사람은 비록 인간세계에 있지만 더러운 세상에서 거들먹거리고 다니는 부류가 아닙니다. 우리 무리에 족히 들어올 수 있는 사람이니, 모쪼록 너그러이 용서해 주시기 바랍니다."

노인이 말했다.

"이 땅은 본래 속세 사람이 올 수 있는 곳이 아닌데 이 사람은 능히 왔으니, 이 일만 보더라도 역시 보통사람은 아닐 듯하구나."

노인은 즉시 동자에게 분부하여 김생의 결박을 풀어 주게 한 뒤 자리로 이끌어 앉히고 말했다.

"나는 한무제 원년[12]에 태어나서 이 땅에 온 지도 이제 천 년이 넘었거늘, 그동안 속세 사람이 오는 걸 본 적이 없네. 자네는 여기 들어올 수 있었으니 신선세계와의 인연이 없고서야 어찌 이 땅을 밟을 수 있었겠는가? 자네가 신선의 자질을 가지고 있기 때문일 거야. 우리와 함께 지내도 괜찮겠나?"

김생은 두 번 절하여 사례하고 말했다.

"저는 일개 빈한한 선비일 뿐인데, 지금 어르신께서 저를 이토록 잘 대해 주시니 감사할 따름입니다. 감히 청하지 못했지만 참으로 바라던 바였습니다."

"보통사람이 신선이 되기 위해서는 내단[13]의 여러 과정을 거쳐야 하지만, 자네는 이미 속세의 태를 벗은 지 16~17년은 되었으니, 우선 신선이 되는 세 가지 방술方術을 써 봐야겠어."

노인은 동자에게 분부를 내렸다.

"단사수[14]를 가져와 부어라!"

---

12. **한무제 원년** 한나라 무제武帝의 즉위 이듬해인 건원建元 1년, 곧 기원전 140년.
13. **내단內丹** 도가에서 신선이 되기 위해 수련하는 운기조식運氣調息의 방법.
14. **단사수丹砂水** 단사丹砂, 즉 주사朱砂(수은 성분이 강한 붉은빛의 광물)를 푼 물.

즉시 자근수[15]로 김생을 씻기니 머리카락과 수염이 모두 붉은 빛으로 물들었고 온몸이 술에 취한 듯했다. 노인이 말했다.

"어떤가?"

"내가 나인지 남이 남인지 모르겠습니다."

"그렇지. 본래 그런 거야."

노인은 또 동자에게 분부했다.

"적성[16]의 이슬방울을 내 오거라."

동자가 즉시 소 오줌에 사람의 오줌을 섞어 바치자 김생은 단숨에 마셨다. 노인이 말했다.

"맛이 어떤가?"

김생은 '냄새가 고약하지만 노인의 뜻을 거슬러선 안 되겠지'라고 생각하고 이렇게 말했다.

"인간세계의 사람이라 참맛이 어떤 줄은 모르겠습니다만 답답하던 가슴이 시원하게 뚫립니다."

"그렇지. 본래 그런 거야."

노인은 또 동자에게 분부했다.

"금광초[17]를 가져와라."

---

15. **자근수煮菫水** 근堇을 삶은 물. '근'은 일명 오두烏頭라고도 하는 약초인데, 삶으면 자줏빛 물이 우러난다.
16. **적성赤城** 전설상의 선계仙界.
17. **금광초金光草** 전설상의 풀로, 먹으면 장수한다고 한다.

동자가 즉시 쓴 맛 나는 나뭇잎을 바쳤다. 김생이 맛을 보니 너무 써서 도저히 입에 댈 수가 없었다. 김생은 사양하며 말했다.

"맛이 써서 도저히 삼킬 수가 없습니다."

노인이 말했다.

"자네가 신선으로 탈바꿈하는 과정이 벌써 9할은 넘었어. 그런데 이걸 삼키지 못하면 성공을 눈앞에 두고 마지막 고비 하나를 못 넘겨 실패하고 마는 꼴이지. 그러니 억지로라도 삼켜야 해. 신선세계와 인연이 있는 자라면 그 맛이 달아야 하는데, 지금 자네 입에는 쓰다고 하니 속세의 인연이 아직 다 사라지지 않았기 때문인 듯하군."

김생은 억지로 삼켰다. 노인은 말했다.

"이번엔 맛이 어떤가?"

김생은 또 먹으라고 할까 겁이 나서 거짓말로 둘러댔다.

"냉이처럼 맛이 답니다."

"그렇지. 본래 그런 거야."

이로써 세 가지 방술을 모두 시험해 보았다. 노인이 말했다.

"자네는 이제 보통사람의 껍질을 벗었네."

함께 며칠을 지내다가 노인이 말했다.

"이제 자네는 신선이 되었는데 집 생각이 나나?"

"고향을 그리워하는 건 인지상정인데, 어찌 집 생각이 나지 않겠습니까?"

"자네가 이 골짜기를 나가서 가족과 작별하고 돌아와 나와 함께 길이 선계仙界에 노닐면 어떻겠나? 다만 자네 부모형제며 처자식이 지금까지 살아 있을지 모르겠군. 자네와 내가 함께 지낸 지도 벌써 나흘이 지났는데, 천상에서의 하루는 인간세계의 백 년과 같으니, 자네 부모형제며 처자식이 어찌 그리 오래 살 수 있겠나?"

김생은 어리둥절한 채로 한참을 있다가 대답했다.

"제가 어르신의 보살핌을 입어 신선이 되긴 했으나 가족의 생사를 모르고 있으니, 이곳을 떠나 집에 작별인사를 한 뒤에 돌아와 어르신을 따르겠습니다."

노인이 허락했다.

김생은 골짜기를 나와 회양 관아 문 앞에 이르렀다. 곧장 안으로 들어가려는데 문지기가 김생을 밀쳐내며 꾸짖었다.

"뭐 이런 괴상한 녀석이 함부로 관아 문을 들어오느냐?"

"나는 네 주인인 신생의 친구다. 어찌 감히 나를 밀어내느냐?"

"우리 원님의 성함은 아무개시다. 신생이란 사람은 꿈에도 들어본 적이 없어."

김생은 그제야 노인의 말을 떠올렸다.

'그래, 400년이 지났다면 신생은 필시 죽었을 테고 다른 사람이 사또로 와 있겠구나.'

김생은 문지기에게 간청했다.

"나는 아무 해 아무 달에 이곳의 사또를 지내던 신 아무개와 친구였소. 그때 금강산에 갔다가 지금 돌아왔으니 그 사이에 이미 400년이 지난 거라오. 사또께 이런 사정을 전해서 고향 가는 길에 쓸 쌀이라도 얻어 도중에 굶주리는 걱정이 없게 해 준다면 내가 그 은혜를 어찌 잊겠소?"

문지기가 말했다.

"이분은 필시 신선이다!"

문지기는 즉시 들어가 아뢰었다. 문지기가 얼마 뒤에 나와서 말했다.

"사또께서 들어오시랍니다."

김생이 들어가자 사또가 자리로 맞이하며 말했다.

"선생은 뉘십니까? 선생께서는 속세 사람이 아니라고 들었는데, 정말 그렇습니까?"

김생이 일어나 절하고 말했다.

"저는 김 아무개라고 합니다. 옛날 아무 해 아무 달에 이곳의 사또로 있던 신 아무개와 친구 사이였지요. 그때 이곳에 와서 금강산을 두루 유람하다가 신선을 만나 이러저러한 일을 겪은 뒤 이곳에 다시 돌아와 보니 벌써 400년이 지났군요."

사또가 웃으며 말했다.

"선생의 고향은 어디십니까?"

"사동입니다."

"저도 집이 사동입니다. 선생의 댁은 뉘 집 앞이고 뉘 집 뒤에 있었습니까?"

"우리 집은 누구의 집 왼쪽, 누구의 집 오른쪽에 있었습니다."

"그렇다면 선생의 집터는 벌써 쑥대밭이 되었습니다. 사람들이 '김 아무개의 옛날 집터'라고 하는 그곳이로군요."

김생은 서글픈 표정으로 말했다.

"우리 가족이 있는 곳을 사또께선 혹 아십니까?"

"아무 고을 아무 마을의 김 아무개라는 이를 두고 선생의 5대 손이라고들 하던데, 지금까지 선생이 쌓으셨던 덕에 힘입어 고을에서 가장 넉넉하게 잘살고 있습니다."

김생은 허탈한 표정으로 눈물을 흘리며 말했다.

"'하루살이 같은 인생'이란 말이 정말 헛된 말이 아니었군요. 불과 나흘 동안 산을 유람했을 뿐인데, 어쩌면 이리도 세상이 바뀔 수 있단 말입니까!"

김생은 고향으로 돌아가는 길에 필요한 양식을 도와 달라고 청했다. 사또는 쌀을 내주며 말했다.

"선생께서는 이곳에 다시 오실 기약이 있습니까?"

"벌써 신선과 약속해 두었지요. 다시 신선을 만난 뒤로는 영원히 속세 사람과 이별하고 천상에서 두루 노닐기로 했습니다."

"선생께서 이곳에 다시 오시면 속세의 이 벗을 기억해 주시렵니까? 저도 선생을 모시고 신선 되는 법을 배우고 싶습니다."

김생은 허락했다.

김생은 그날로 이른바 자신의 5대손이라는 이의 집을 찾아갔다. 곧장 안채로 들어가려 하자 그 집 하인들이 밀쳐 내며 못 들어오게 했다. 김생은 호통을 쳤다.

"너희들은 나를 몰라보느냐? 나도 너희들의 주인이다!"

이러고 있는 사이, 문밖에 소란스러운 소리가 들리자 주인이 무슨 일인가 싶어 물었다.

"이 무슨 시끄러운 소리냐?"

하인들이 앞다투어 달려와 아뢰었다.

"문밖에 어떤 사람이 와서 '나도 너희들의 주인이다'라며 안채로 들어오려 하고 있습니다."

주인은 괴상한 일이라 여겨 하인들로 하여금 김생을 데려오게 했다. 김생은 곧장 바깥채 마루로 올라서더니 주인을 꾸짖었다.

"너는 네 5대조를 몰라보느냐? 세상에 제 조상을 능멸하는 놈이 어디 있단 말이냐?"

주인은 한편으로는 괴이하고 한편으로는 분하여 말했다.

"미친 사람이구나. 저런 자와 다투어 본들 무슨 소용이 있겠나."

주인은 하인들에게 분부를 내려 김생을 끌고 나가게 했다. 김생은 마당에 서서 계속 호통을 쳤다.

"네가 한참 뒤에 태어나 사정을 잘 모르는 거야. 네 할아비와 아비가 네게 말해 주지 않았나 보구나! 나는 아무 해 아무 달에 신선을 만나 신선이 되었다. 사정을 이제 알겠느냐?"
　주인은 더욱 황당하여 김생을 집 밖으로 끌어내고는 문을 잠가 안으로 들어오지 못하게 했다. 김생은 몹시 성이 나서 이튿날 관아에 들어가 하소연했다.
　"제게 5대손이 있는데 조상을 조상이라 여기지 않고 있습니다. 공명한 판결을 내리시어 그 죄를 다스려 주시기 바랍니다."
　사또가 이상한 일이다 싶어 그 5대손이라는 김 아무개를 잡아오게 한 뒤 대질신문을 벌였다. 김 아무개는 김생을 보더니 헛웃음을 지으며 말했다.
　"천하에 이렇게 망령된 사람이 있답니까? 어제 이 사람이 저희 집에 와서 이렇게 저렇게 하기에 저는 너무 어이가 없어 이렇게 저렇게 했습니다."
　사또가 황당해 하며 말했다.
　"네 얼굴을 보니 나이 마흔이 채 안 되어 보이는데, 마흔도 안 된 자에게 어찌 5대손이 있단 말이냐?"
　즉시 좌우에 명하여 김생의 볼기를 50여 대 치게 하고 내쫓았다. 온 관청 사람들은 그 광경을 보고 서로 돌아보며 눈웃음을 지었다.
　김생은 분을 참지 못하고 생각했다.
　'반드시 일가친척을 만나 이 일을 밝히고 나서 다시 금강산으로 돌아갈 테다.'

그날로 당장 자기 집으로 돌아가니 부모형제와 처자식이 모두 살아 있는 게 아닌가. 이들은 김생의 얼굴이며 머리카락이며 수염이며 피부가 모두 붉은빛인 것을 보고 깜짝 놀라더니 김생을 피해 숨으며 말했다.

"이런 괴이한 인간이 대체 어디서 왔담?"

가족들은 하인들을 불러 김생을 끌어내게 했다. 김생은 어쩔 수 없이 쫓겨나 집 근처 평민의 초가집에서 지냈다. 김생은 속임수에 빠진 것을 분해 하다가 원한과 분노 때문에 병이 나고 말았다. 죽음에 이르러 자기 집에 유언을 써서 보냈다.

> 나는 세상에 있으면서 이룬 일이 한 가지도 없다. 마침내 아버지는 나를 아들로 여기지 않고, 형님은 나를 동생으로 여기지 않으며, 아내는 나를 남편으로 여기지 않고, 자식은 나를 아버지로 여기지 않는 지경에 이르고 말았다. 이제 살아본들 무슨 소용이 있겠는가.

김생은 마침내 숨을 거두었다. 세상 사람들은 기이한 이야기라며 지금까지도 이 일을 전하고 있다.

환관의 아내

임매

충청도 공주에 큰 마을이 있으니 그 이름은 구리내¹다. 이 마을에 늙은 부부가 살았는데, 집이 몹시 부유했다. 아들 네댓 명은 모두 관아의 장교²를 지냈으며, 늙은 아버지 역시 나라에 돈을 내고 당상첩³을 받은 뒤로 옥관자를 하고 붉은 실을 허리에 띠고 다니며⁴ 인근에서 어른 대접을 받았다.

서울의 선비 한 사람이 충청도에 토지를 가지고 있어 해마다 왕래했는데, 오가는 길이 구리내를 지나게 되어 있어 그때마다 늘 이 노부부의 집에서 하룻밤을 묵었다. 노부부는 서울 선비가 올 때마다 정답게 맞이하여 술과 닭고기를 대접하며 매우 친근하게 대해 주었다. 노파는 비록 늙었지만 얼굴이 뽀얗고 피부가 보

---

1. **구리내** 지금의 충남 공주군 우성면 동대리 일대.
2. **장교將校** 각 군영軍營에 속하는 군관軍官과 지방 관아의 군무軍務에 종사하는 이들의 총칭.
3. **당상첩堂上帖** 정3품 이상의 벼슬아치인 당상관堂上官의 직첩職帖.
4. **옥관자玉貫子를 하고~띠고 다니며** 옥으로 만든 관자와 허리에 띠는 붉은 실은 모두 당상관이 사용하는 물건이다.

들보들했다. 우스갯소리도 잘해서 간간이 해학이 넘치는 말을 하는데, 이야기가 재미있으면서도 몹시 품위가 있었다.

어느 날 밤 선비는 노부부와 함께 등불 아래서 이야기를 나누고 있었다. 노파가 문득 남편을 곁눈질로 힐끗 보고는 미소 지으며 말했다.

"내가 젊었을 때 중과 정을 통했는데, 그 사람 하는 꼴이 성말 가소로웠지요."

남편은 눈을 흘기며 성을 냈다.

"노망난 할멈이 또 해괴한 소리를 하려고 하누만."

남편은 자못 부끄러운 기색이었다. 선비는 뭔가 우스운 곡절이 있겠다 싶어 웃으며 말했다.

"할머니, 무슨 말씀입니까? 깜짝 놀랄 이야긴가요?"

노파가 깔깔 웃으며 남편에게 말했다.

"얘기해도 되겠죠?"

남편은 얼굴을 다른 쪽으로 돌리고 대답했다.

"하고 싶으면 하게."

노파가 웃음을 띤 채 말했다.

"나는 원래 서울의 양갓집 딸이었는데, 어려서 부모님을 여의고 외숙모 댁에서 자랐다우. 외숙모는 나를 별로 사랑하지 않아서 나를 환관에게 시집보냈지요. 첫날밤에 신랑이 옷을 벗기고 살을 맞대더니 젖꼭지를 만지작거리며 입술과 혀를 쪽쪽 빨아대더라구요. 그때 나는 겨우 열여섯 살이라 '남녀 간의 잠자리란 게 본래 이런 것이로구나' 하고 생각했더랬지요.

그 뒤로 남녀 간의 사랑에 대해 차츰 알게 되면서부터 점점 괴로움이 느껴지더니, 날이 갈수록 견디기 힘들어졌어요. 때때로 욕정이 생겨 잠자리를 함께하고 나면 오히려 억울하고 분한 마음만 가슴을 꽉 메웠고, 그러다 어떤 때는 눈물을 흘리기도 했어요. 봄볕이 화창해서 벌과 나비가 날아다니고 꾀꼬리와 제비가 지저귈 때마다 나는 무료하게 베개에 기대 앉아 기지개를 켜면서 마음이 몹시 싱숭생숭해져 이런저런 생각이 끊임없이 납디다.

'비단옷에 새하얀 쌀밥이 무슨 소용인가? 한 지붕 아래 진짜 사내와 작은 베 이불을 함께 덮고 무 뿌리 하나를 함께 씹어 먹는 게 실로 인생 최고의 행복이야. 내 몸은 아직 처녀이니 다른 사람에게 시집간다 한들 정절을 잃는 것은 아니잖은가?'

그렇게 해서 달아날 마음을 먹게 됐지만, 겹겹의 문에 높은 담이 가로막고 있고 방비가 삼엄해서 혹시 발각되는 날에는 목숨을 부지하기 어려웠기에 두려워 감히 실행에 옮기지 못하며 몇 년을 흘려보냈어요. 하지만 끝내 못 견딜 지경이 되어 또 이렇게 생각했지요.

'이런 인생이라면 백 년을 산다 한들 무슨 낙이 있겠나? 발각되어 죽는다 한들 이렇게 살다 말다 죽는 것보다야 마음이 편하지 않을까?'

마침내 결심하고 몰래 행장을 꾸려서 솜을 넣지 않은 가벼운 옷가지며 비단이며 패물이며 은 수백 냥을 한 보따리에 쌌지요. 보따리 무게를 헤아려 보니 머리에 이고 달아날 수 있을 정도였어요. 환관이 궁궐에서 숙직하는 날을 틈타서 새벽종이 울리자마자 몸을 숨겨 빠져 나왔답니다. 담장 아래 높은 나무가 있었는데 나무에 베를 매달고 다른 한쪽 끝을 몸에다 칭칭 묶어 담을 넘었지요. 그러고는 곧장 남대문을 빠져 나왔어요.

그때는 하늘이 아직 어두컴컴합디다. 남산 밖 솔숲 사이에 몸을 숨기고 있다가 날이 어슴푸레 밝아오자 앞으로 나아갔지요. 그때까지 나는 평생 문밖을 나가 본 일이 없으니 길을 어찌 알겠수? 그저 큰길만 따라갔지 뭐. 동작나루를 건너고 나니 마음이 조금 진정되면서 그제야 이런 생각이 나더라구요.

'내가 비록 처녀의 몸이라지만 머리를 이미 틀어 올렸으니, 누가 나를 정실로 삼으려 하겠는가? 남의 첩이 되고 나면 정실과 다투며 실컷 설움이나 당하는 신세를 면치 못할 테니, 그런 일은 결코 견딜 수 없지. 어떤 사람을 따라야 좋을까?'

그러다 문득 좋은 생각이 떠올랐어요.

'그래, 중을 하나 골라잡아 따라가야겠다!'

계속해서 또 이런 생각을 했어요.

'사람을 요리조리 고르다간 처음 만난 사람을 버리고 나중에 만난 사람을 따르는 병폐가 있을 수 있나니, 양갓집 여자인 내가

그런 일을 할 순 없지. 무조건 길에서 처음 만나는 사람으로 정해야겠어.'

이렇게 궁리하고 있노라니 어느덧 벌써 여우고개[5]를 넘었어요. 그때 문득 승려 한 사람이 앞에 보이더군요. 제가 물었지요.

'스님, 어디 가시는 길입니까?'

승려가 돌아보더니 '청주에 갑니다' 하더군요. 얼굴이 퍽 다정하고 깨끗해 보였고, 나이도 나와 엇비슷한 것 같아서 내심 기뻐하며 이렇게 생각했어요.

'이건 정말 하늘이 정해 주신 배필이구나!'

그 뒤를 졸졸 따라가 함께 과천의 객점(客店)에 이르러서는 그 곁에 바싹 다가가 앉았더랬죠. 승려는 내가 그러는 게 싫어서 몸을 뒤로 빼며 피했고, 나는 그럴 때마다 몸을 당겨 가까이 다가갔어요. 밥을 먹고는 또 함께 객점을 나오며 물었어요.

'스님은 어디 사세요?'

'청주 아무 절에 있습니다.'

'부모님은 계신가요?'

'어머니만 계십니다.'

승려는 괴상한 여자에게 걸려들었다 싶었는지 걸음을 빨리 해서 앞으로 내뺐어요. 나도 온 힘을 다해 뒤쫓아 갔지요. 승려가

---

5. **여우고개** 사당동에서 과천 넘어가는 사이에 있는 남태령 고개.

힘이 빠져 천천히 걸으면 나도 역시 천천히 따라갔어요. 그 뒤 그 사람이 뛰면 나도 뛰고, 걸으면 나도 걷고, 쉬면 같이 쉬고, 객점이 있으면 같이 들어갔어요. 그렇게 사흘이 지나고 나니 청주 땅으로 들어서는 것 같았어요. 길가에 큰 숲이 울창하게 우거져 있었는데, 승려가 나무 그늘에 앉아 쉬더군요. 나도 그 곁에 앉으며 이렇게 생각했어요.

'이 중이 일단 절 안으로 들어가고 나면 찾을 길이 없을 거야. 어떻게든 지금 윽박질러 혼인하지 않으면 일을 이룰 수 없어.'

갑자기 앞으로 다가가 승려의 팔뚝을 잡았더니 승려는 소스라치게 놀라며 손을 뿌리치고 달아나려 했어요. 하지만 내가 워낙에 꽉 잡고 있던 터라 빠져나갈 수 없자 그저 이렇게 애걸할 뿐이었지요.

'아씨, 제발 놓아 주십시오!'

나는 그 사람을 끌어 앉히고 말했어요.

'스님, 좀 앉아 보세요. 드릴 말씀이 있습니다. 스님은 중이 되어 뭐 그리 좋은 일이 있습니까? 나와 부부가 되어 살면 내 보따리 안에 대략 수백 냥의 은이 있으니, 스님은 아내도 얻고 재산도 얻게 되는 건데, 좋은 일 아니겠어요?'

승려는 이 말을 듣자마자 문득 얼굴이 빨개지며 볼이 부풀어 오르더니 토하는 것처럼 보였어요. 그저 고개를 푹 숙인 채 눈물만 줄줄 흘리는데, 꼭 어린애 같아 불쌍해 보이기까지 하더군요.

나는 소매로 그 얼굴을 닦아 주며 말했어요.

'나와 함께 저쪽으로 가요.'

승려를 숲속으로 이끌고 들어가서는 와락 껴안고 누워 교합을 했지요. 그러는 사이 승려의 마음이 동했지만 두려움에 너무 벌벌 떤 나머지 삽시간에 끝나고 말더군요. 옷을 갖추어 입고 내가 말했어요.

'우리 두 사람은 이제 부부가 되었어요. 서방님은 이미 환속하신 것이니 다시 절로 가실 것 없습니다. 나와 함께 서방님의 집으로 돌아가도록 해요.'

승려가 내 말을 따라서 우리는 함께 걸어 그 집에 이르렀어요. 승려의 어머니는 누더기가 된 낡은 솜옷 저고리에 거친 베로 만든 짤막한 치마를 입고 처마 밑에 앉아 졸고 있다가 승려를 보고 물었어요.

'네 등 뒤에 있는 사람은 누구냐?'

나는 즉시 앞으로 나아가 절하고 말했어요.

'어머님, 며느리가 인사 올립니다.'

승려의 어머니는 깜짝 놀라더니 승려를 꾸짖었어요.

'너는 대체 어디서 이런 비천한 여자를 데려왔니? 선사禪師님이 와서 10년 동안 입고 먹은 돈을 내놓으라고 닦달하시면 내가 뭐라고 하겠니? 몇 년 동안 이자까지 붙은 빚을 내가 무슨 수로 갚는단 말이냐? 네가 과연 나를 말려 죽이려고 하는구나!'

발을 구르고 가슴을 치며 애가 타서 어쩔 줄 몰라 하는 거였어요. 그러더니 또 울며 말했어요.

'생계를 오직 절에 의지해 왔는데, 이제 끝장이 났구나.'

나는 '이분은 재물로 꾈 수 있겠구나' 생각했지요. 그래서 즉시 보따리에서 푸른 유의[6]와 물들인 무명 치마저고리 한 벌을 꺼내 바치며 말했어요.

'걱정 마세요. 제가 보따리 안에 지니고 온 물건이 있으니, 그 스님이 오더라도 제가 충분히 당해 낼 수 있습니다.'

시어머니는 옷을 받고 묵묵히 있더니 한참 있다가 입을 열었어요.

'우선 앉아 봐라.'

날이 벌써 저물었기에 부엌에 들어가 새 며느리로서 할 일을 시작했지요. 그날 밤 승려와 밤새도록 정답게 한 몸이 되었어요. 승려가 처음 속세의 진미를 맛보고는 그 기쁨에 취해 거의 미치광이가 될 듯했으니, 참으로 포복절도할 일 아니었겠어요?"

남편이 곁에서 노파를 노려보며 말했다.

"부끄러운 줄 모르는구먼!"

노파는 처음 이야기를 꺼낼 때부터 말하다가는 웃고, 웃다가는 또 말을 이어나갔다. 윽박질러 혼인하던 대목을 이야기할 때부터

---

6. 유의油衣 오동나무 기름을 바른 베로 지은 비옷.

남편은 연신 성을 냈지만, 노파는 그때마다 손을 저으며 남편을 놀림감으로 삼으니 남편으로서도 어쩔 도리가 없어 결국에는 함께 웃고 말았다.

노파는 또 말했다.

"이튿날 무명 두 단을 남편에게 주면서 시장에 가서 갓이며 망건이며 고운 베와 바꿔 오라고 했어요. 그걸로 속세 사람의 옷을 지어 남편에게 차려입히고 보니 참으로 고운 소년입니다. 그 차림으로 절에 가서 스승에게 작별 인사를 하고 오라고 했지요. 스승이라는 중이 대번에 남편을 따라와 우리 집 문 앞에 왔더군요. 큰 광대뼈가 툭 튀어나오고, 머리를 새로 깎았지만 얼굴에 구레나룻이 가득해 지독히도 보기 싫은 얼굴이었는데, 갑자기 들이닥치더니 성난 목소리로 말했어요.

'이 할망구야! 자식을 나에게 주기로 해 놓고 도로 빼앗아 가다니 이 무슨 일이냐? 10년 동안 내가 입고 먹을 돈을 대 준 것에다 몇 년 동안 붙은 이자까지 쳐서 오늘 당장 빚을 갚아라. 그러지 않으면 반드시 큰 해를 당하게 해 줄 테다!'

시어머니는 벌벌 떨며 감히 대꾸하지 못했어요. 나는 부엌에서 나와 곧장 그 중에게 다가가 그 귀를 잡고 뺨을 후려치며 말했어요.

'저 양반은 본래 내 남편인데, 내 남편이 너와 무슨 상관이란 말이냐? 어떤 놈의 미련한 중이 감히 이리도 당돌하게 구느냐?

빨리 돌아가지 않으면 번쩍번쩍하는 네놈의 머리통을 부숴 버릴 테다!'

연이어 뺨 때리기를 그치지 않자 그 중은 뺨을 부여잡고 아프다며 비명을 지르더니 말했어요.

'이 여자, 사납구나! 이 여자, 못됐구나! 이 여자, 정말 무섭구나!'

그러고는 급히 달아나 문밖으로 내빼더니 다시는 오지 않습디다. 그 후에 우리는 이 마을로 이사 와서 넓은 토지를 일구고 50여 년을 함께 살았어요. 아들딸 낳아 길러서 지금 자손은 번성하고 창고에는 곡식이 가득하고 마구에는 마소가 가득하니, 그 젊은 중은 얼마나 복이 많은 사람이랍니까?"

그러더니 또 깔깔 웃어 대는 것이었다.

나는 일찍이 몇몇 사람에게 이 이야기를 하며 파적거리를 삼은 적이 있다. 이야기를 듣고 나서 한 사람이 이렇게 말했다.

"남녀의 정욕情慾이란 본래 사람이 타고나는 것이라 누구든 없을 수 없는 것인데, 환관의 아내 같은 경우라면 더욱 어려움이 있을 테지. 듣자니 환관의 탐욕은 보통 사람의 갑절이라서 잠자리에서 미치광이처럼 구는 것이 특히 심한데, 욕정의 불이 치달아 올라도 딱히 발산할 방법이 없으니, 여인을 끌어안고 뒹굴다 거의 살을 깨물기에 이른다더군. 이런 일을 당하고 보면 비록 예의를 잘 지키는 옛날의 정숙한 여자라 한들 '내 마음은 말라붙은 우물과 같다'[7]라고 말할 수 있겠는가? 그러니 환관의 아내가 달아나 다른 사람을 따른 것을 '음분'[8]이라고 매정하게 꾸짖기는 어려운 일일세."

또 한 사람이 말했다.

"조선 초에는 환관의 혼인을 금지하는 법이 있었지만, 조선 중엽으로 내려오면서 엄격히 금지하지 않더니, 지금은 혼인하지 않는 자가 없게 되었고 게다가 첩까지 두는 일이 있네. 이 노파의 이야기를 듣고 보니 그 원한과 억울함은 하늘의 조화로운 기운을 상하게 할 만하네. 국가에서는 마땅히 옛날의 금령을 거듭 밝히고 환관의 집에 둔 여인들을 모두 풀어 주어 젊은 승려의 배필로 삼게 해야 할 것이네. 그렇게 하면 남녀가 각기 소원을 이룰 것이요, 국가 역시 나랏일에 동원할 장정을 더 얻는 이로움이 있지 않겠나."

또 한 사람이 말했다.

"옛날에 과부 탁문군[9]이 사마상여[10]와 정분이 나서 달아났던

---

7. **내 마음은 말라붙은 우물과 같다** 당나라 맹교孟郊의 시 「열녀조」烈女操 중 한 구절. 자신의 마음은 물살이 일렁이지 않는 말라붙은 우물과 같아 어떤 유혹에도 흔들림 없이 정조를 지킬 수 있다는 말.
8. **음분淫奔** 남녀가 눈이 맞아 달아나는 것을 이른다.
9. **탁문군卓文君** 한나라 때의 부호富豪 탁왕손卓王孫의 딸. 일찍이 과부가 되어 친정에 머물다가 그곳에 들른 사마상여司馬相如가 거문고를 타며 유혹하자 그날 밤 함께 달아났다.
10. **사마상여司馬相如** 한나라 무제武帝 때의 문장가.

일이 지금까지 멋스러운 이야깃거리가 되고 있지 않나. 지금 이 노파의 경우에는 비록 정분이 나서 달아나긴 했지만 본래 정절을 잃은 게 아니고, 일이 극히 분방하긴 하지만 실로 좇을 사람을 택한 것이니, 탁문군과 견주어 보건대 오히려 더 나은 점이 있네."

네 사람이 배를 잡고 웃었다.

호질

박지원

호랑이는 현명하고 성스럽고 문무를 겸비했으며, 인자하고 효성스럽고 지혜롭고 어질며, 호걸스럽고 용감하고 씩씩하고 사나우니, 천하무적이다. 그러나 비위[1]가 호랑이를 잡아먹고, 죽우[2]가 호랑이를 잡아먹고, 박[3]이 호랑이를 잡아먹고, 오색찬란한 사자가 커다란 나무가 있는 산에서 호랑이를 잡아먹고, 현백[4]이 호랑이를 잡아먹고, 작견[5]이 하늘을 날아서 호랑이를 잡아먹고, 황요[6]가 호랑이의 심장을 꺼내 먹고, 활[7]이 호랑이 뱃속에 들어가 호랑이의 간을 먹고, 추이[8]가 호랑이를 만나면 호랑이를 갈기갈기 찢

1. **비위狒胃** 원숭이의 일종으로, 성질이 사납다. '비비'狒狒라고도 한다.
2. **죽우竹牛** 검은 빛깔의 몸집이 큰 짐승. '야우'野牛라고도 한다.
3. **박駁** 말 비슷하게 생긴 맹수. 몸은 희고 꼬리는 검으며 뿔은 하나인데, 이빨과 발톱은 호랑이와 비슷하다고 한다.
4. **현백玆白** 백마 비슷하게 생긴 맹수. 톱날 같은 이빨을 가졌다고 한다.
5. **작견酌犬** 쥐의 일종으로, 몸 높이가 석 자나 되고 날개가 있어 날아다닌다고 한다.
6. **황요黃要** 몸은 족제비 같고 머리는 살쾡이를 닮은 맹수.
7. **활猾** 바다에 산다는 맹수. 뼈가 없어 범의 입에 들어가도 범이 깨물지 못하는바 범의 뱃속으로 들어가 범을 먹는다고 한다.

어 삼킨다. 호랑이가 맹용[9]을 만나면 눈을 꼭 감고 감히 쳐다보지 못하는데, 사람들은 맹용을 두려워하지 않고 호랑이를 두려워하니 호랑이의 위엄이 얼마나 대단한가!

호랑이는 개를 잡아먹으면 취하고, 사람을 잡아먹으면 신령스러워진다. 호랑이가 처음 사람을 잡아먹으면 그 창귀[10]는 굴각[11]이 되어 호랑이의 겨드랑이에 붙는다. 굴각이 호랑이를 부엌으로 인도하여 솥귀를 핥게 하면 그 집 주인은 문득 배가 고파져서 한밤중에 아내더러 밥을 지어 오라고 한다. 호랑이가 두 번째로 사람을 잡아먹으면 그 창귀는 이올[12]이 되어 호랑이의 뺨에 달라붙는다. 이올은 높은 곳에 올라 산천을 관리하는 사람이 있는지 살핀다. 만일 골짜기에 함정이나 덫이 놓여 있으면 먼저 가서 없애 버린다. 호랑이가 세 번째로 사람을 잡아먹으면 그 창귀는 육혼[13]이 된다. 육혼은 호랑이의 턱밑에 붙어서 자기가 알고 지내던 친구들의 이름을 죄다 고해바친다.

호랑이가 창귀들에게 말했다.

"날이 저물어 가는데 어디서 먹이를 얻을꼬?"

---

8. **추이貙耳** 몸은 호랑이 비슷하나 크기가 더 크고 꼬리가 몸의 세 배나 된다는 짐승.
9. **맹용猛㺄** 소 비슷하게 생긴 맹수.
10. **창귀倀鬼** 범에 물려 죽은 사람의 영혼. 범에 붙어 사람을 해코지하게 한다고 한다.
11. **굴각屈閣** 창귀의 하나.
12. **이올彝兀** 창귀의 하나.
13. **육혼鬻渾** 창귀의 하나.

굴각이 말했다.

"제가 예전에 점지해 뒀습니다. 뿔 달린 짐승도 아니요, 날개 달린 짐승도 아닌, 머리 검은 짐승이 눈밭에 드문드문 발자취를 남기며 가는데, 꼬리는 뒤통수에 달려서[14] 꽁무니를 가리지 못하고 있었습니다."

이올이 말했다.

"동쪽 성문에 먹잇감이 있는데, 그 이름은 '의'醫(의원)라 하옵니다. 입에 온갖 약초를 머금어 살에서 좋은 향기가 납니다. 서쪽 성문에도 먹잇감이 있는데, 그 이름은 '무'巫(무당)라 하옵니다. 갖가지 신神에게 아첨하느라 날마다 목욕재계해서 몸이 깨끗합니다. 이 둘 중에서 먹이를 택하십시오."

호랑이가 수염을 떨치며 노기 띤 얼굴로 말했다.

"'의'醫라는 건 '의'疑(의심스러움)다. 남의 병을 고친답시고 자기도 의심스러운 방법을 시험해 보아 해마다 늘 수만 명의 목숨을 빼앗는다. '무'巫라는 건 '무'誣(속임)다. 신神을 속이고 백성을 홀려서 해마다 늘 수만 명의 목숨을 빼앗는다. 죽은 자들의 분노가 저들의 뼛속으로 들어가 금잠[15]으로 변했을 터이니, 독해서 어찌 먹겠느냐."

---

14. **꼬리가 뒤통수에 달려서** 머리카락을 뒤로 땋아 늘어뜨린 것을 말한다.
15. **금잠**金蠶 독충의 이름.

육혼이 말했다.

"저 숲속에 고기가 있는데, 간담肝膽은 어질고 의로우며, 가슴 속은 진실하고 깨끗하며, 음악을 알고 예절을 지키며, 입으로는 제자백가諸子百家의 말을 줄줄 외고 마음으로는 천하 만물의 이치를 꿰뚫었으니, 이름하여 '덕이 높은 선비'라 하옵는데, 도를 닦은 것이 겉모습에 잘 드러나고 온갖 맛을 모두 갖추고 있습니다."

호랑이가 눈썹을 치켜뜨고 침을 흘리더니 하늘을 우러러 껄껄 웃으며 말했다.

"짐朕도 들은 바 있다만, 어떤 자냐?"

창귀들이 너도나도 추천하는 말을 했다.

"한 번 음陰이 되고 한 번 양陽이 되는 것을 '도'道라 하는데, 선비는 그 도를 하나로 꿰뚫었습니다. 오행[16]이 상생相生하고 육기[17] 가 서로 조화를 이루도록 선비는 인도합니다. 음식 중에 맛있는 것으로 치자면 이보다 더한 것이 없습니다."

호랑이가 근엄한 기색이 되더니 다시 얼굴빛을 고치고는 불쾌한 어조로 말했다.

"음과 양이란 하나의 기운이 성했다 쇠했다 하는 움직임일 뿐인데, 하나의 기운을 둘로 나누었으니 그 고기가 잡된 줄 알겠다.

꿏꿏꿏

16. **오행五行** 우주 만물을 이루는 다섯 가지 요소라 생각한 수水·화火·목木·금金·토土. 이 오행의 상생相生과 상극相剋에 따라 만물이 생멸生滅하고 변화한다고 믿었다.
17. **육기六氣** 음陰, 양陽, 풍風, 우雨, 회晦(어둠), 명明(밝음).

오행은 각자 위치가 정해져 있어 애당초 상생할 수 없는 것인데, 지금 억지로 아들과 어미의 관계를 만들고 온갖 맛까지 오행으로 나누었으니[18] 그 맛이 순수하지 않은 줄 알겠다. 육기는 저절로 움직이는바 누가 펼쳐 이끄는 게 아닌데, 저들은 지금 요망하게도 자기들이 잘 보좌해서 천지의 도리를 이룬다며 제 공을 자랑하니, 그 고기를 먹었다간 너무 질기고 딱딱해서 체하거나 토하지 않겠느냐!"

정鄭나라 어느 고을에 벼슬을 달갑잖게 여기는 선비가 있었으니 '북곽선생'北郭先生이라고 했다. 나이 마흔에 손수 교정한 책이 1만 권이요, 9경[19]의 의미를 궁구하여 지은 책이 1만 5천 권에 이르렀으니, 황제는 그 의리를 가상히 여겼고, 제후는 그 명성을 흠모해 마지않았다.

고을 동쪽에는 미모의 청상과부가 있었으니 '동리자'東里子라고 했다. 황제는 그 절개를 가상히 여겼고, 제후는 그 현숙함을 흠모해 마지않아 고을 주변 몇 리 되는 땅을 상으로 주고 '과부 동리

---

18. **억지로 아들과~오행으로 나누니** '아들과 어미의 관계를 만들었다'는 것은 오행설五行說에서 '수생목'水生木, '목생화'木生火 하는 식으로 상생相生의 관계를 규정해 놓은 것을 말한다. '온갖 맛까지 오행으로 나누었다'는 것은 오행설에서 소리·방위方位·오장육부·맛 등 인간과 자연의 모든 현상을 오행에 결부해 놓은 것을 말한다. 호랑이의 입을 빌려 작자는 이러한 오행설의 내용을 견강부회라 여겨 배격하고 있다.
19. **9경經** 유학儒學의 아홉 가지 경서經書. 흔히 『시경』詩經, 『서경』書經, 『주역』周易, 『춘추』春秋, 『예기』禮記, 『악기』樂記의 6경에 『효경』孝經, 『논어』, 『맹자』를 더 꼽는다. 『악기』 대신 『주례』周禮를 넣기도 한다.

자의 마을'이라 적힌 정려문旌閭門을 세워 주었다.

동리자는 훌륭히도 수절했으나 아들 다섯을 두었거늘 모두 아비가 달랐다. 다섯 아들이 모였는데, 그중 하나가 이런 말을 했다.

"강 북쪽엔 닭이 울고 강 남쪽엔 별 밝은데, 집 안에 들리는 말소리는 어쩌면 이리도 북곽선생의 목소리와 흡사할까?"

다섯 형제가 번갈아 문틈으로 엿보니, 동리자가 북곽선생에게 부탁하는 말이 들렸다.

"선생님의 덕을 흠모한 지 오래였습니다. 오늘밤 선생님의 책 읽는 소리를 듣고 싶습니다."

북곽선생은 옷매무새를 바로 하고 몸을 꼿꼿이 세워 앉더니 시를 지어 읊었다.

병풍에는 원앙새
창밖에는 반딧불이.
가마솥과 세발솥은
무얼 본떠 만들었나?[20]

그러고는 혼자 이리 말했다.

---

20. 가마솥과 세발솥은~본떠 만들었나 다섯 아이들이 모두 성도 다르고 생김새도 닮지 않았으니 누구와 관계해서 낳았느냐는 뜻.

"홍興[21]이로다!"

다섯 아들은 이런 말을 주고받았다.

"과부의 집에는 들어가지 않는 게 예禮다. 북곽선생은 어진 분 아니신가!"

"성문 허물어진 곳에 여우굴이 있다더라. 천년 묵은 여우는 사람으로 둔갑할 수 있다던데, 저건 북곽선생으로 둔갑한 여우가 틀림없어!"

다섯 아들은 의논했다.

"여우 머리를 얻으면 갑부가 되고, 여우 발을 얻으면 훤한 대낮에 자취를 감출 수 있으며, 여우 꼬리를 얻으면 아양을 잘 부려 누구든 반하게 만든다고 하더라. 우리 저놈의 여우를 때려잡아서 나눠 가지는 게 어때?"

그러더니 다섯 아들이 함께 북곽선생을 둘러싸고 마구 때려댔다. 북곽선생은 깜짝 놀라 달아났다. 북곽선생은 남들이 자기를 알아볼까 싶어 한쪽 다리를 목에 걸고는 귀신처럼 춤을 추고 귀신 웃음소리를 내며 문밖으로 나서 냅다 달리다가 그만 들판의 구덩이에 빠지고 말았는데, 그 속에는 똥이 가득 차 있었다. 간신히 기어올라 머리를 내밀고 위를 올려다보니 호랑이가 앞을 지키

---

21. 홍興 시에서 말하려는 내용과 직접 관계가 없는 다른 사물을 읊조림으로써 말하고자 하는 내용을 시사하는 수사법修辭法.

고 서 있는 게 아닌가. 호랑이는 얼굴을 찌푸리며 구역질을 하다가 코를 막고 고개를 돌리더니 한숨을 쉬며 말했다.

"선비란 악취가 심하구나!"

북곽선생은 머리를 조아린 채 앞으로 기어나가 세 번 절하고 꿇어앉더니 호랑이를 우러러보고 말했다.

"호랑이님의 덕은 위대하고도 위대합니다! 군자는 호랑이님의 찬란한 무늬를 본받고,²² 제왕은 호랑이님의 걸음걸이를 배우며, 사람들은 호랑이님의 효성스러움을 본받고, 장수들은 호랑이님의 위엄을 배웁니다. 호랑이님의 명성은 신령스러운 용과 나란하여, 한 분은 바람을 일으키시고 한 분은 구름을 일으키시니,²³ 하찮은 땅의 비천한 신하가 감히 호랑이님의 가르침을 받들고자 하옵니다."

호랑이가 꾸짖었다.

"가까이 오지 말라! 접때 내가 '유'儒(선비)라는 건 '유'諛(아첨)라고 하는 말을 들었는데, 과연 그렇구나. 네가 평소에는 천하의 악명이란 악명은 죄다 모아다가 요망하게도 나에게 모두 갖다 붙이더니 지금 사정이 급해지자 겉으로만 아첨하고 있으니, 누구더

꽃꽃꽃

22. **군자는 호랑이님의 찬란한 무늬를 본받고** 군자의 아름다운 문장이 찬연히 빛나는 것이 마치 호랑이의 찬란한 무늬와 같다는 말.
23. **한 분은 바람을~구름을 일으키시니** 호랑이와 용의 신령스러움을 일컫는 말. '바람은 호랑이로부터 일어나고, 구름은 용으로부터 나온다'는 말이 있다.

러 그걸 믿으라는 게냐?

대저 천하의 이치는 하나다. 호랑이의 본성이 정말 악하다면 인간의 본성 또한 악할 것이요, 인간의 본성이 선하다면 호랑이의 본성 역시 선할 것이다. 너의 천만 마디 말은 오륜五倫을 벗어나지 않았고, 네가 경계하고 권장했던 것은 항상 예禮·의義·염廉·치恥 네 가지였다. 하지만 도읍에 돌아다니는 코 베인 자, 발꿈치 잘린 자, 얼굴에 먹물로 글씨를 새긴 자[24]들은 모두 오륜을 받들지 않은 이들이다. 또 포승이며 먹이며 도끼며 톱[25]을 날마다 쉴 새 없이 쓰면서도 죄악을 그치게 하지 못한다. 그러나 호랑이들 사이에서는 이런 형벌이 없다. 이렇게 본다면 호랑이의 본성이 인간보다 어질지 않으냐?

호랑이는 풀이나 나무를 먹지 않고, 벌레나 물고기를 먹지 않으며, 누룩으로 빚어 세상을 어지럽히는 물건[26]을 좋아하지 않고, 새끼 밴 짐승이나 자잘한 생물을 해치지 않는다. 산에서는 노루나 사슴을 사냥하고, 들에서는 말이나 소를 사냥하되, 먹는 데 구애되어 말썽을 일으킨 적이 없다. 그러니 호랑이의 도야말로 지극히 광명정대하지 않으냐?

---

24. **코 베인~새긴 자** 옛날 코를 베는 형벌, 발꿈치를 베는 형벌, 이마에 먹물을 넣어 글을 새기는 형벌을 당한 중죄인들.
25. **포승이며 먹이며 도끼며 톱** 온갖 형구刑具를 지칭한다. '먹'은 이마에 먹물을 넣어 새길 때 쓴다.
26. **누룩으로 빚어 세상을 어지럽히는 물건** '술'을 말한다.

너희 인간들은 호랑이가 노루나 사슴을 먹으면 호랑이를 미워하지 않으면서 호랑이가 말이나 소를 먹으면 호랑이를 원수로 여긴다. 노루나 사슴은 인간에게 은공이 없지만 말이나 소는 너희 인간들에게 은공이 있기 때문이 아니냐. 하지만 너희들은 소와 말이 너희를 태워 주고 너희를 위해 일하는 공로며 그 충성을 다하는 마음에도 불구하고 날마다 푸줏간을 소와 말로 가득 채워 뿔[27]과 갈기[28]조차 남기는 법이 없다. 그런데 너희는 그러고도 모자라 나의 노루와 사슴까지 침범하여 산과 들에 내가 먹을 게 하나도 없게 만들고 있지 않느냐. 하늘로 하여금 공평하게 판정하게 한다면 내가 너를 잡아먹어야 옳겠느냐, 그냥 살려 두어야 옳겠느냐?

제 것이 아닌데 가지는 것을 '도'盜라 하고, 생명을 해치고 해코지하는 것을 '적'賊이라 한다. 너희들은 밤낮으로 분주히 팔을 내지르고 눈을 부라리며 남의 것을 잡아채면서도 부끄러운 줄을 모른다. 심지어는 돈을 형이라 부르고,[29] 장군의 지위를 얻기 위해 아내를 죽이기도 하니,[30] 인륜의 도에 비추어 논할 가치도 없다. 게다가 누리의 먹이를 빼앗아 먹고,[31] 누에에게 옷을 빼앗아 입으

※※※

27. 뿔 옛날에는 소의 뿔이 여러 가지에 소용되었다. 목공예의 하나인 화각, 각종 노리개, 술잔, 숟가락·젓가락, 도장 등을 들 수 있다.
28. 갈기 말의 갈기로 갓을 만들므로 한 말.
29. 돈을 형이라 부르고 옛날 동전의 중앙에 있는 구멍이 모가 졌으므로 흔히 돈을 '공방형'孔方兄이라 불렀기에 한 말. 또 옛사람 중에는 돈을 '가형'家兄이라 부른 사람도 있었다.

며, 벌을 내쫓아 꿀을 약탈하고, 심지어는 개미알로 젓갈을 담가 제사상에 올리니, 잔인하고 박정하기로 너희보다 심한 자가 또 어디 있겠느냐?

너희들은 이치가 어떠니 본성이 어떠니 떠들어 대며 걸핏하면 하늘을 들먹인다만, 하늘이 명한 바로 보자면 호랑이와 인간은 똑같이 만물의 하나일 따름이다. 천지가 만물을 낳은 어짊으로 논하자면 호랑이며 누리며 누에며 벌이며 개미는 인간과 똑같이 길러지는 것이니, 이 이치를 거역해서는 안 된다. 선악으로 분별하자면 벌집이며 개미집을 공공연히 약탈하는 자야말로 천지간의 거대한 도盜가 아니겠느냐? 함부로 누리와 누에의 것을 훔치는 자야말로 인의仁義를 해치는 거대한 적賊이 아니겠느냐?

호랑이가 표범을 먹지 않는 것은 같은 무리를 차마 해칠 수 없기 때문이다. 그런데 호랑이가 노루나 사슴을 잡아먹는 수를 헤아려 보면 사람이 노루나 사슴을 잡아먹는 수에 미치지 못하며, 호랑이가 말이나 소를 잡아먹는 수를 헤아려 보면 사람이 말이나 소를 잡아먹는 수에 미치지 못하며, 호랑이가 사람을 잡아먹는

30. **장군의 지위를~죽이기도 하니** 전국시대의 장군 오기吳起의 고사를 말한다. 제齊나라가 노魯나라를 공격하자 노나라에서는 오기를 대장으로 기용하려 했으나 그의 아내가 제나라 사람이었으므로 혹시나 하는 의심을 품고 주저했다. 오기는 공명심에 불탄 나머지 자기 아내를 죽여 자기가 제나라와 아무 관계가 없음을 밝혔고, 이에 노나라는 오기를 장군에 임명했다.
31. **누리의 먹이를 빼앗아 먹고** '누리'는 메뚜기과에 속한 곤충인데, 많은 수가 떼 지어 날아다니며 농작물과 초목에 피해를 끼치니, 그 무리가 앉은 곳에는 한순간에 풀이 하나도 없게 된다. 이 구절은 인간의 관점이 아닌 동물의 관점에서 말한 것이다.

수를 헤아려 보면 사람이 사람을 잡아먹는 수에 미치지 못한다.

지난해 관중³²에 큰 가뭄이 들었을 때 백성들이 서로 잡아먹은 숫자가 수만 명에 이르렀고, 몇 년 전 산동山東에 홍수가 났을 때 백성들이 서로 잡아먹은 숫자가 또 수만 명에 이르렀다. 그렇지만 서로 잡아먹은 숫자가 많기로야 춘추시대春秋時代보다 더한 때가 있겠느냐. 춘추시대에는 공덕을 세우기 위한 전쟁이 17회요, 원수를 갚기 위한 전쟁이 30회였으니, 피가 천 리에 걸쳐 흘렀고, 쓰러진 시체가 백만이 넘었다.

우리 호랑이의 세계에서는 홍수나 가뭄을 알지 못하므로 하늘을 원망하는 일이 없고, 원수도 은혜도 모두 잊고 지내므로 남과 척지고 살 일도 없으며, 천명을 알고 순리대로 살아가므로 무당이나 의원의 간사함에 홀리지 않고, 하늘로부터 받은 몸을 타고난 대로 바르게 간직하고 본성대로 살아가므로 세속의 이익에 휘둘리지 않는다. 이게 바로 호랑이가 현명하고 성스러운 이유다.

호랑이는 그 무늬만 조금 내보여도 천하에 문文을 과시하며, 무기에 의지하지 않고 오직 발톱과 이빨의 날카로움에 의지하여 천하에 무용을 환히 드러낸다. 종묘宗廟의 제기祭器에 그려진 호랑이 모양은 천하에 널리 효행을 퍼뜨리기 위한 것이다. 하루에 한 번

༺༻༺༻༺༻

32. 관중關中 중국 섬서성陝西省의 땅 이름. 동으로는 함곡관函谷關, 남으로는 무관武關, 서로는 산관散關, 북으로는 소관蕭關의 4관關 가운데 있었으므로 그렇게 불렀다.

사냥하여 까마귀며 솔개며 땅강아지며 개미에게 남은 먹이를 나누어 주니 그 인仁을 이루 다 쓸 수 없다. 굶주린 자는 잡아먹지 않고, 병든 자는 잡아먹지 않으며, 상복을 입은 자는 잡아먹지 않으니 그 의로움을 이루 다 쓸 수 없다.

어질지 못하구나, 너희들이 먹이를 얻는 방법은! 덫을 놓고 함정을 파는 것도 부족해서 새 그물이며 노루 그물이며 큰 어망이며 물고기 그물이며 수레 위에 치는 새 그물이며 잔고기 잡는 작은 그물까지 치기에 이르다니. 최초로 그물을 만들어 낸 자야말로 천하에 가장 큰 재앙을 끼쳤다. 그뿐만 아니라 칼이며 창이며 몽둥이며 도끼며 세모창이며 몽치며 단도며 긴 창까지 있다. 게다가 대포까지 쏘아대면 화산[33]을 무너뜨릴 듯한 소리에 화염이 천지에 가득하여 천둥번개보다도 사납다. 이것으로도 그 포악한 마음을 채우기에 부족해서 부드러운 털에 침을 바르고 아교를 발라 뽀족한 물건[34]을 만들었으니, 그 몸체는 대추씨처럼 생겼고, 길이는 한 치가 채 못 된다. 이놈을 오징어 먹물에 담가 종횡무진 찌르고 치는데, 구부러지기는 갈고리 창과 같고, 날이 서기는 식칼과 같고, 날카롭기는 검劍과 같고, 갈라진 것은 삼지창과 같고, 곧기는 화살과 같고, 팽팽하기는 활과 같다. 이 무기를 한번 휘두

---

33. **화산華山** 중국 오악五嶽의 하나로 꼽히는 산 이름.
34. **뾰족한 물건** '붓'을 말한다.

르면 온갖 귀신이 한밤중에 곡소리를 낸다. 서로 잡아먹고 잡아먹히는 잔혹함이 너희보다 심한 게 세상에 또 어디 있단 말이냐?"

북곽선생은 두려운 나머지 자리를 옮겨 엎드리더니 멈칫멈칫 두 번 절하고 거듭거듭 머리를 조아리며 말했다.

"『맹자』에 이르기를, '비록 악인이라도 목욕재계하면 상제上帝를 섬길 수 있다'³⁵라고 했습니다. 인간 세상의 비천한 신하가 감히 호랑이님을 아랫자리에서 섬기고자 하옵니다."

북곽선생이 숨죽이고 가만히 호랑이의 명령을 기다렸으나 한참이 지나도록 아무런 기척이 없었다. 지극히 황송하고 지극히 황공하여 손을 맞잡고 머리가 땅에 닿도록 절하고는 고개를 들어 우러러보니 동방이 이미 훤하게 밝았고 호랑이는 이미 사라지고 없었다. 그때 아침 일찍 밭을 갈러 나온 농부가 물었다.

"선생님은 왜 아침 일찍부터 들판에서 절을 하고 계십니까?"

북곽선생은 말했다.

"'하늘이 높다 하나 감히 몸을 굽히지 않을 수 없고, 땅이 두텁다 하나 감히 발을 조심스레 딛지 않을 수 없다'³⁶는 말이 있느니라."

---

35. 비록 악인이라도~섬길 수 있다 『맹자』「이루」離婁 하下에 나오는 말.
36. 하늘이 높다~않을 수 없다 『시경』 소아小雅「정월」正月에 나오는 말.

양반전

박지원

'사'士(선비)란 하늘이 내린 벼슬이요, 사士의 마음(心)을 뜻(志)이라 하는데, 그 뜻이란 어떠해야 하는가? 권세와 이익을 꾀하지 않고, 출세해도 '사'士에서 벗어나지 않으며, 곤궁해도 '사'의 도리를 잃지 않고, 이름과 절의를 거짓으로 꾸미지 않아야 한다. 문벌과 지체를 재화로 삼아 대대로 이어 온 덕을 팔아먹는다면 장사꾼과 무엇이 다르겠는가? 이에 「양반전」을 짓는다.

'양반'이란 사족士族을 높여 부르는 말이다.
정선군旌善郡에 어떤 양반이 살았다. 양반은 어질고 책 읽기를 좋아해서 매번 고을에 군수가 새로 부임할 때마다 반드시 그 집에 찾아가 인사를 차렸다. 하지만 집이 가난해서 해마다 군郡에서 환자[1]를 빌려다가 먹었는데, 몇 해가 지나고 보니 빌린 곡식이 1천 섬[2]에 이르렀다.

관찰사가 각 고을을 순시하다가 환자 장부를 열람하고는 몹시 노하여 말했다.

"어떤 놈의 양반이 관아 곡식을 이처럼 축냈단 말이냐!"

관찰사는 양반을 옥에 가두도록 명했다. 군수는 양반이 가난해서 빌린 곡식을 갚을 길이 없는 형편임을 딱하게 여겨 차마 가두지 못했지만, 그렇다고 해서 달리 뾰족한 방법을 찾을 수도 없었다. 양반은 밤낮으로 울기만 할 뿐 아무런 대책이 없었다. 그러자 양반의 아내가 책망했다.

"평생 당신은 책 읽기를 좋아하더니만 환자 갚는 데는 아무 소용도 없구려. 쯧쯧, '양반'! '양반'은 한 푼어치도 안 되는구랴!"

그 마을의 부자가 가족과 상의하며 이렇게 말했다.

"양반은 가난하다 할지라도 늘 존귀하지만, 나는 부자라도 항상 비천해서 감히 말도 탈 수 없고, 양반을 보면 몸을 움츠리고 숨을 죽인 채 설설 기어가 바닥에 엎드려 절해야 하고, 코가 땅에 닿도록 엎드려 무릎으로 기어야 해. 나는 항상 이런 수모를 겪으며 살아 왔어. 지금 양반 하나가 가난해서 환자를 갚지 못하다가 큰 곤욕을 치르게 생겼으니, 필시 양반 신분을 유지하지 못할 듯

---

1. **환자** 환곡還穀. 관官에서 춘궁기에 농민에게 대여했다가 추수기에 거두어들이는 곡식.
2. **1천 섬** 오늘날로 따져 최하 3억 원 이상의 가치를 갖는다. 18세기 서울의 쌀값은 대략 쌀 1섬(15말)에 은화 3냥 가량으로 추산되는바, 1천 섬의 값은 은화 3천 냥 가량이다. 오늘날의 쌀값에 준하여 단순 계산해 보면 은화 1냥은 6만 원 가량이지만, 과거의 높은 쌀 가치를 염두에 둘 때 은화 1냥의 가치는 이보다 한층 높아 십수만 원 이상으로 환산해야 한다는 견해가 설득력 있다.

싶어. 내가 장차 그 양반 신분을 사서 가졌으면 해."

 마침내 양반 집을 찾아가 환자를 대신 갚아 주겠다고 하니 양반은 몹시 기뻐하며 승낙했다. 그러자 부자는 그 자리에서 관아로 환자를 보냈다.

 군수는 몹시 놀랍기도 하고 의아하기도 해서 양반의 집을 찾아가 위로하는 한편 환자를 갚은 사정을 물어보았다. 양반은 군뢰복다기[3]를 쓰고 잠방이를 입은 채 길에 엎드려 자신을 '소인'이라고 칭하며 감히 고개를 들어 올려다보지 못하는 것이었다. 군수는 깜짝 놀라 양반을 부축해 일으키며 말했다.

 "족하[4]께선 왜 이리 스스로를 욕되이 낮추십니까?"

 양반은 더욱 두려워하며 머리를 조아리고 엎드려 말했다.

 "황송하옵니다! 소인이 감히 스스로를 욕되이 하는 것이 아니옵니다. 소인은 이미 양반을 팔아 환자를 갚았사오니, 이제는 마을의 부자가 바로 양반이옵니다. 소인이 어찌 감히 옛날 칭호를 함부로 쓰면서 자신을 높일 수 있겠습니까?"

 군수가 탄식하며 말했다.

 "군자답구나, 부자여! 양반답구나, 부자여! 부유하되 인색하지 않으니 의롭다 할 것이요, 남의 어려움을 서둘러 도우니 어질다

---

3. **군뢰복다기** 군뢰軍牢(죄인을 다루는 병졸)가 군장軍裝을 할 때 쓰는 붉은 갓.
4. **족하足下** 상대방을 높여 이르는 말. 요즘의 '귀하'쯤에 해당한다.

할 것이요, 비천함을 싫어하고 존귀함을 좋아하니 지혜롭다 할 것이다. 이 사람이야말로 진짜 양반이로구나. 하지만 사사로이 거래를 하면서 증서를 만들어 두지 않았다가는 훗날 소송의 빌미가 될 수 있다. 너와 내가 고을 사람들을 모아 증인으로 삼고 증서를 만들어 사실 관계를 분명히 해 두자. 나는 군수로서 마땅히 서명하겠다."

그러고 나서 군수는 관아로 돌아가 고을의 사족士族이며 농민이며 공인이며 상인을 모두 불러 관아 뜰에 모이게 했다. 부자는 좌수[5]와 별감[6]의 오른쪽에 앉히고, 양반은 호장戶長[7]과 이방吏房의 아랫자리에 세웠다. 군수는 다음과 같은 증서를 만들었다.

건륭 10년[8] 9월 모일, 이 증서는 양반 신분을 팔아 관아의 곡식을 갚은 일을 기록한 것으로, 그 값은 1천 섬이다.

대저 양반은 칭호가 많기도 하다. 독서하면 '사'士라 하고, 벼슬을 하면 '대부'大夫라 하며, 덕이 있으면 '군자'君子라 하고, 무신武臣은 서쪽에 늘어서고 문신文臣은 동쪽에 늘어서므로 이를 '양반'兩班이라 하나니, 네가 원하는 칭호를 따를지

---

5. **좌수**座首 조선 시대 고을 수령을 보좌하는 자문기관인 향청鄕廳의 우두머리로, 고을의 각종 이권利權에 개입했다.
6. **별감**別監 향청의 직책으로, 좌수의 버금자리.
7. **호장**戶長 향리鄕吏의 우두머리.
8. **건륭 10년** 1745년. '건륭'乾隆은 청나라 고종高宗의 연호.

어다.

양반은 비천한 일은 일절 않고, 훌륭한 옛사람과 같이 되기를 희구하며 뜻을 고상하게 가져야 한다. 언제나 5경[9]이면 일어나 유황에 불을 붙여 등잔불을 켜고는 눈은 코끝을 보고 두 발꿈치는 모아서 엉덩이에 괴고 앉아 『동래박의』[10]를 얼음에 박 밀 듯 줄줄 외어야 한다. 굶주림을 참고 추위를 견디며 가난하단 소리는 입 밖에 꺼내지 말아야 한다. 이를 딱딱 마주치고,[11] 손가락을 튕겨 뒷머리를 자극하며,[12] 입 속의 침을 모아 몇 번에 나누어 삼켜야 한다.[13] 털모자는 옷소매로 닦아 먼지를 탁탁 털어 윤이 나게 해야 한다. 손을 씻을 때는 주먹으로 마찰하지 말고,[14] 양치질은 깨끗이 해서 입 냄새가 없어야 한다. 소리를 길게 뽑아 노비를 부르고, 걸음은 느릿느릿 걸어야 한다. 『고문진보』[15]며 『당시품휘』[16]

---

9. **5경** 새벽 4시 무렵.
10. **『동래박의』東萊博議** 송나라 여조겸呂祖謙이 지은 책. 『춘추좌전』春秋左傳에 대한 사평史評으로, 글공부하는 선비나 형리刑吏들에게 널리 읽혔다.
11. **이를 딱딱 마주치고** 도가道家 양생법養生法의 하나로, 몸을 바르게 하고 앉아 윗니와 아랫니를 딱딱 마주치는 일.
12. **손가락을 튕겨 뒷머리를 자극하며** 도가 양생법의 하나로, 두 손을 목 뒤로 돌려 귀에 대고 집게손가락을 가운뎃손가락 위에 포갠 다음 가볍게 퉁기면서 후뇌後腦를 자극하는 일.
13. **입 속의 침을~삼켜야 한다** 도가 양생법의 하나로, 아침 일찍 잠자리에서 일어나 입 속의 침을 모아 몇 번에 나누어 삼키는 일.
14. **손을 씻을~마찰하지 말고** 손등의 때를 씻기 위해 주먹을 쥐고 손등을 서로 마찰하는 것을 이른다.
15. **『고문진보』古文眞寶** 중국 역대의 유명한 시문詩文을 모은 책. 한문 문장 학습용으로 우리나라 선비들에게 널리 읽혔다.
16. **『당시품휘』唐詩品彙** 명나라 고병高棅이 편찬한 당시唐詩 선집.

를 깨알만 한 글씨로 베껴 한 줄에 100자씩 써야 한다. 손으로 돈을 만지지 말고 쌀값을 묻지 말아야 한다. 아무리 더워도 버선을 벗지 말고, 맨상투로 식사를 해서는 안 된다. 밥 먹을 때 국을 먼저 떠먹어서는 안 되고, 마실 때 후루룩 소리를 내서는 안 된다. 젓가락으로 음식을 집을 때 방아 찧듯이 해서는 안 되고, 생파를 먹지 말아야 한다. 술 마실 때 수염을 빨지 말고, 담배 피울 때 볼이 움푹 패도록 담배를 빨지 말아야 한다. 노여워도 아내를 때려선 안 되며, 성이 나도 그릇을 발로 차면 안 된다. 아녀자에게 주먹질을 해선 안 되고, 노비들에게 "뒈져 버려라!"라고 욕을 해선 안 되며, 마소를 꾸짖을 때도 마소를 판 원래 주인을 욕해선 안 된다. 병이 나도 무당을 불러선 안 되고, 제사 지낼 때 중을 불러다 재(齋)를 지내선 안 된다. 화롯불에 손을 쬐어서는 안 되고, 말할 때 이를 드러내며 침을 튀겨서는 안 된다. 소 잡는 일을 하지 말고, 노름을 하지 말아야 한다.

이상의 온갖 행실 가운데 양반 신분에 어긋나는 짓을 했을 경우 이 증서를 가지고 관아에 나와서 바로잡도록 한다.

         고을 원 정선 군수 (서명)
         좌수   (서명)
         별감   (서명)

이에 통인[17]이 여기저기 도장을 찍는데, 그 소리는 북이 둥둥 울리는 듯하고, 그 모양은 북두성이 세로 놓이고 삼성[18]이 가로 놓인 듯했다. 호장戶長이 증서를 다 읽고 나자 부자는 한참 멍하니 있다가 말했다.

"양반이라는 게 겨우 이것뿐입니까? 저는 양반이 신선과 같다고 들었는데, 양반이라는 게 정말 이뿐이라면 너무 재미없는 일[19] 아닙니까. 저에게 뭔가 이익이 되도록 증서를 고쳐 주십시오."

그러자 군수는 증서를 새로 만들었다.

> 하늘이 백성을 내 사·농·공·상 네 가지 백성이 있는바, 그 넷 가운데 가장 귀한 것이 '사'士인데, 이를 일러 '양반'이라 하나니 그 이로움이 막대하다.
>
> 양반은 농사도 짓지 않고 장사도 하지 않지만, 글공부 대충 해서 크게 되면 문과文科 급제요, 작게 되더라도 진사進士 급제다. 문과 홍패[20]가 2척에 불과하지만 그 안에 온갖 물건이 구비되어 있으니, 이것이 곧 돈자루다.
>
> 서른 살에 진사 되어 처음 벼슬길에 나설지라도 이름난 음

---

17. **통인通引** 고을 원의 잔심부름을 하던 구실아치. 고을 원의 관인官印을 들고 그 뒤를 따라다녔다.
18. **삼성參星** 28수 중 서쪽 일곱 번째 별자리.
19. **재미없는 일** 원문은 '乾沒'인데, 원래 '물을 싹 말리다'라는 뜻이다. 여기서는 '무미건조하다' 정도의 의미로 썼다.
20. **홍패紅牌** 문과 급제자에게 주던 합격증서. 붉은색 종이에 성적, 등급, 성명을 먹으로 적었다.

관²¹이 될 수 있고, 웅남²²을 잘할 수 있다. 일산日傘 바람에 귀가 희어지고, 설렁줄에 대답하는 아랫것들의 "예이" 하는 소리에 배가 부예지며,²³ 방에는 단장한 기생의 귀고리가 떨어져 있고,²⁴ 뜰에는 학을 길러 그 울음소리를 듣는다.

곤궁한 사士는 시골에 살아도 제멋대로 횡포를 부릴 수 있다. 이웃집 소를 뺏어다가 제 논을 먼저 갈고, 백성들을 끌어다가 제 밭 김을 매게 한들 누가 감히 대들쏘냐? 코에다가 잿물을 들이붓고, 머리꼬덩이를 돌리며 귀밑머리를 뽑은들 감히 원망할 자 없을지어다.

증서를 작성하는 중간에 부자가 혀를 내두르며 말했다.

"그만두세요, 그만둬! 맹랑하기도 합니다! 장차 나를 도적으로 만들 셈입니까?"

부자는 고개를 절레절레 흔들며 가더니 죽을 때까지 다시는 양반이 되겠다는 말을 하지 않았다.

❀❀❀

21. **음관蔭官** 부친이나 조부의 공덕으로 얻어 하는 벼슬.
22. **웅남雄南** 웅남행雄南行 곧 지위가 높은 음관을 말한다.
23. **일산日傘 바람에~배가 부예지며** 고을 수령의 호강하는 생활을 형용하는 말. '설렁줄'은 하인을 부르기 위해 방울을 매달아 놓은 줄.
24. **방에는 단장한~떨어져 있고** 기생들과 질탕하게 유흥을 일삼는 것을 이른다.

요로원야화기

박두세

주상께서 왕위에 오르신 지 5년째인 무오년(1678) 봄¹에 나는 서울에서 내려왔다. 과거에 낙방하고 고향으로 돌아가는 자의 행색인지라 스스로 보기에도 비웃음 당해 마땅한 꼴이었다. 검누른 말 한 필에 짐을 실은 채 탔고, 경마잡이 아이는 약해 빠진 데다 해진 옷을 칭칭 허리에 감고 있었으니, 이런 모양으로 객관客館에 들어설 때마다 수모를 당하고 얕보인 적이 한두 번이 아니었다.

점심 때 소사평²을 출발하여 요로원³에 5리쯤 못 미쳤는데 벌써 날이 저물기 시작했다. 말이 절뚝거렸기 때문이다. 채찍질을 하며 나아가기를 재촉하여 초저녁에야 요로원에 도착했다. 나는 생각했다.

---

1. **주상께서 왕위에~무오년 봄** '주상'은 숙종肅宗을 가리킨다. 숙종은 1674년 8월에 즉위한바, 왕위에 오른 지 5년째인 해는 무오년인 1678년이다.
2. **소사평素沙坪** 경기도 평택 근처의 지명.
3. **요로원要路院** 아산에서 온양으로 빠지는 길목에 있던 역원驛院.

'이미 길손들이 들어 빈방이 없을 텐데 이처럼 초라한 행색으로는 주인을 호령해서 길손을 다른 방으로 내보내라고 할 수도 없지. 차라리 양반이 묵는 방을 하나 골라서 함께 묵게 해 달라고 하자. 애걸하면 물리치진 않을 테고 욕을 당할 일도 없을 거야.'

마침내 한 객관을 찾아 들어갔다. 봉당⁴ 위에 양반이 한 사람 나른히 반쯤 누워 있다가 내가 오는 것을 보더니 사나운 목소리를 느릿하게 빼어 하인을 불렀다.

"너희들은 어디 있는 게냐? 지나는 사람들이 못 들어오게 하지 않고!"

홀연 하인 둘이 작두간⁵에서 그 소리를 듣고는 곧장 나왔다. 나는 벌써 말에서 내린 뒤였다. 하인 하나가 채찍으로 내 말을 때리더니 내 하인을 노려보며 호통을 쳤다.

"너는 눈이 멀었느냐? 나리께서 당堂에 계신 것이 보이지 않느냐?"

또 다른 하인은 내 등을 떠밀어 나가라고 하며 이렇게 말했다.

"나리께서 벌써 들어오셨으니 양반이라도 여기엔 머물 수 없습니다."

나는 등을 떠밀려 걸으며 말했다.

---

4. **봉당**封堂 재래식 한옥에서, 안방과 건넌방 사이의 마루를 놓을 자리에 흙바닥을 그대로 둔 곳.
5. **작두간** 짚이나 콩깍지 등 마소의 먹이를 써는 곳.

"나는 너희가 먼저 들어온 집을 빼앗으려는 게 아니야. 날이 이미 어두웠으니 여기서 잠시 쉬며 내 하인더러 다른 집을 정하게 한 뒤에 나갈 생각이었다. 너희 양반이 저기 계시거늘 왜 이리 심하게 구는 게냐?"

사립문을 미처 나서기 전에 봉당에 있던 객客이 이 광경을 보고는 웃으며 말했다.

"그만둬라, 그만둬!"

나는 도로 들어와 봉당 아래로 나아갔다. 옷깃을 여미고 봉당으로 올라가려 하는데, 객은 여전히 누운 채 일어나지 않았다. 봉당에는 이미 침구를 깔아 두었고 객은 그 위에 팔베개를 하고 있었다. 이부자리 밖으로는 서너 명이 앉을 만한 자리가 있었다. 나는 봉당에 올라서서 절을 하려는 모양을 취했으나 객은 여전히 누운 자세로 움직이지 않았다. 나는 이렇게 생각했다.

'이 사람은 서울의 벌열閥閱인가 보군. 의관衣冠이 화려하고, 말이 건장한 걸 보니 말야. 그래서 나 같은 시골뜨기에게는 인사를 하지 않을 생각인가 본데, 저 어리석은 마음과 교만한 기운을 내 꾀로 꺾어 줘야겠어.'

나는 즉시 앞으로 나아가 매우 공손하게 절을 했다. 객은 베개에 기댄 채 고개만 끄덕일 따름이었다. 그러더니 객이 천천히 말했다.

"존尊[6]은 어디에 사오?"

나는 이 사람을 속이기로 마음먹었기에 곧이곧대로 말할 수 없어 즉각 거짓말로 둘러댔다.

"충청도 홍주洪州 서면西面 금곡리金谷里[7]에 삽니다."

객은 내가 너무도 자세히 말한 데 대해 웃음 짓더니 조롱하여 말했다.

"내가 존尊더러 호적단자[8]를 읊으라 했소?"

호적단자에는 거주하는 리里의 이름까지 상세히 적혀 있기에 하는 말이었다. 나는 고개를 푹 숙이고 대답했다.

"행차[9]께서 하문下問하시니 상세히 말씀드리지 않을 수 없었습니다."

그러고는 이렇게 부탁했다.

"본래는 다른 방을 얻어 나가려 했으나 벌써 밤이 되어 객관마다 사람이 가득한 모양입니다. 여기는 빈자리가 있으니 여기 앉아 날 새기를 기다렸으면 하는데, 행차께서는 허락해 주시겠습니까?"

"처음에는 나가겠다고 하고, 지금은 머물겠다고 하니, 이건 두 말을 하는 게 아니오?"

---

6. **존尊** 평교平交보다 한 등급 낮은 칭호.
7. **금곡리金谷里** 지금의 충남 홍성군 결성면 금곡리.
8. **호적단자戶籍單子** 호적 문서.
9. **행차行次** 원래 웃어른의 길 가는 것을 높여 이르는 말인데, 여기서는 상대방에 대한 경칭敬稱으로 썼다.

"처음에는 내쫓는 걸 그만두라 하시고, 지금은 나가라 하시니, 이건 한 말씀입니까?"

객이 웃으며 말했다.

"존尊도 양반이니, 양반과 양반이 함께 묵는 게 안 될 것 뭐 있겠소? 함께 묵으며 이야기하면 적적함을 달래기에도 좋겠소이다."

"그러시다면 덕분에 큰 신세를 집니다."

나는 내 하인을 불러 말했다.

"마소10를 안으로 들여 묶어 놓고, 양식쌀11을 꺼내라."

객이 웃으며 말했다.

"존은 소를 끌고 다니오? '양식쌀'이라고 하지 않으면 양식이 쌀인 줄 하인이 모른답니까?"

"행차는 서울 분이시군요."

"내가 서울 사람인 줄 어찌 아셨소?"

"제가 소를 끌고 온 것도 아니요, 양식이 쌀인 줄 제 하인이 모르는 것도 아닙니다만, 말을 지칭할 때 꼭 소를 함께 붙여 '마소'라고 하고, 양식을 지칭할 때 꼭 쌀을 함께 붙여 '양식쌀'이라고 하는 건 촌사람들이 늘 하는 말입니다. 촌사람들은 심상히 듣는

---

10. **마소** '말'을 뜻한다. 옛날 충청도 방언에 말을 '마소'라 한 듯하다.
11. **양식쌀** '쌀'을 뜻한다. 옛날 충청도 방언에 쌀을 '양식쌀'이라 한 듯하다.

말인데, 행차께서 유독 웃으시니 서울 분이 아니면 어디 분이겠습니까?"

"군君[12]의 말 그대로니, 참 훌륭하오."

객이 또 물었다.

"존은 무슨 일로 어디에 가시오?"

나는 또 시골말로 대답했다.

"작은 연사[13]가 있어 서울에 다녀오는 길입니다."

객이 웃으며 말했다.

"무슨 일인데요?"

"일가 사람 중에 군역軍役을 지게 된 이가 있는데, 제가 서울에 아는 친구가 있으니 올라가서 일을 주선해 보라고 하기에 다녀오는 길입니다."

"아는 사람이 누굽니까? 주선한 일은 잘 되시었소?"

"제가 예전에 서울 올라갔을 때 육조[14] 앞의 김승[15]이란 이의 집에 머물렀는데, 김승은 바로 병조兵曹의 관원입니다. 이 사람은

༄༅༄༅

12. **군君** 평교보다 한 등급 낮은 칭호. '존'尊과 비슷한 말로 쓰이기도 하나, 여기서는 그 뉘앙스상 존보다 낮은 칭호로 쓰였다. 객이 '나'를 일컫는 칭호의 변화에 유의할 필요가 있다. 객은 '나'를 점점 만만하게 보아 칭호의 등급을 낮추고 있다.
13. **연사緣事** 일.
14. **육조六曹** 광화문 앞에 있던 육조 관청을 말한다.
15. **김승金丞** 김씨 성의 서리書吏. '승'丞은 각 아문衙門의 서리書吏, 혹은 벼슬아치를 수행하는 중인층을 일컫는 말인데, 여기서는 전자의 뜻이다.

드나들 때 비록 수레나 말을 타지 않고 걸어다녔지만 오사모烏紗帽를 쓰고 붉은 관복官服을 입었습니다. 이 사람이 저에게 이런 말을 하더군요.

'생원이 훗날 무슨 일이 생겨 서울에 다시 오게 되거든 또 우리 집에 묵으시오. 내가 잘 주선해 드릴 테니.'

그래서 이번에 서울에 갔다가 그 집으로 가서 청탁을 넣어 봤습니다. 하지만 청탁한 일이 거의 이루어질 뻔했는데, 돈이 부족해서 결국 일을 끝내지 못하고 돌아오게 되었습니다."

"이미 들어간 돈이 얼마요? 장차 더 들어갈 돈은 얼마나 되구요?"

"군포軍布 반 동[16]을 가지고 가서 다 쓰고 왔습니다. 김승이 '베 10여 필만 더 있으면 일을 끝낼 수 있다'고 하기에 지금 내려가서 그만큼 더 준비해 가지고 다시 올라가려고 합니다."

객이 한숨을 크게 쉬더니 팔꿈치를 치며 말했다.

"군君은 서리書吏한테 사기를 당했구려. 군이 말한 '김승'이란 자는 서리이지 관원이 아니오. 관원 중에 그냥 걸어다니는 이가 어디 있겠소? 또 그 자가 머리에 쓴 건 사모紗帽가 아니라 파리머리[17]라고 하는 것이며, 그 자가 입은 건 관복이 아니라 단령[18]이라 하

---

16. **반 동**半同 베 25필. '동'同은 베 50필 묶음을 이르는 말.
17. **파리머리** 평정건平頂巾의 속칭. 각 사司의 서리가 머리에 쓰던 건巾.
18. **단령**團領 서리가 입는 붉은 옷을 말한다.

는 거요. 군은 그 자의 술수에 빠져 돈을 허비하고 말았으니, 애석하구려! 촌사람이 대개 그런 거지."

이 얘기를 하면서부터 객은 나를 몹시 깔보아 다시는 '존'이라고 부르지 않고 그냥 '군'이라고 불렀다.

나는 말했다.

"그렇다면 서리와 관원이 참으로 다른 것입니까?"

"군은 정말 물정에 어둡구려! 군은 필시 깊은 산골에 살며 읍내에는 한 번도 왕래한 적이 없는 사람인가 보오. 군이 사는 금곡金谷은 성에서 몇 리나 떨어져 있소?"

"모르겠습니다. 새벽에 출발하면 저녁에 도착한다고만 들었습니다."

"사는 곳이 그처럼 궁벽하고 외진 곳이니 서리와 관원도 구별하지 못하는 것이 당연하겠군. 군의 마을에서 백성들이 우러르며 공경하고 두려워하는 이는 누구요?"

"아전입니다."

"그보다 높은 사람이 또 있소?"

"별감[19]과 좌수[20]가 있지요."

"더 높은 이는 없소?"

---

19. **별감別監** 조선 시대 고을 수령을 보좌하는 자문기관인 향청鄕廳의 직책으로, 좌수座首의 버금자리.
20. **좌수座首** 향청鄕廳의 우두머리로, 고을의 각종 이권利權에 개입했다.

"없습니다."

"목사牧使가 있다는 건 모르오?"

"목사는 영감[21]이지요. 영감은 우리 고을의 왕이신데, 어찌 아전 무리들과 같은 자리에서 말할 수 있겠습니까?"

"군의 말이 맞소. 군이 말한 영감이 바로 서울의 관원이라오. 군이 말한 아전은 바로 서울의 서리이고."

"관원과 서리가 그렇게 다른 것이란 말씀입니까? 그렇다면 제가 아는 김승 역시 양반이 아니라는 말씀입니까?"

객이 웃으며 말했다.

"지금에야 비로소 양반이 아니라는 걸 아셨소? 그럼 군은 양반을 왜 양반이라고 부르는지는 아시오?"

"모릅니다."

"벼슬길에는 동반東班과 서반西班의 두 반열班列이 있으니, 두 반열에 들어 있는 사람을 양반이라 하는 거요. 저 김승이란 자는 동반이오, 서반이오?"

"저는 촌사람이라 승丞이 서리의 호칭이라는 건 모른 채 파리머리와 단령이 사모관대와 비슷한 것만 보고 양반 관원이라고 생각해서 교유를 맺고 말았습니다."

나는 그렇게 말하고 탄식하며 말했다.

---

21. **영감令監** 조선 시대에 종2품과 정3품의 벼슬아치를 높여 그 관직명에 붙여서 부르던 말.

"원통하고 분하구나, 너무나도 원통하고 분해!"

그러자 객이 말했다.

"뭘 그리 심하게 원통해 하시오? 군포 반 동을 허비한 게 아까워서 그러오?"

"아닙니다. 군포 한 동을 썼다 한들 일가 사람을 군역에서 빼내기 위한 일인데 뭐 아까울 게 있겠습니까? 다만 예전에 김승이 저의 자_字를 묻기에 말해 줬더니, 그 뒤로는 김승이 늘 저의 자를 불렀고, 저 또한 김승의 자를 불렀습니다. 지금 생각하니 상놈이 양반의 자를 불렀던 것인데 참으로 분수에 어긋난 짓을 한 것 아니겠습니까? 정말 원통하고 분하지 않겠습니까? 행차를 만나지 않았다면 오래도록 큰 욕을 당할 뻔했습니다."

객이 껄껄 웃으며 말했다.

"행차의 덕이 적지 않구려."

객이 또 물었다.

"군은 고향에서 어느 정도의 양반이오?"

"저 역시 상등_{上等}에 속하는 양반입니다."

"군이 상등 양반이라면 일가 사람은 왜 군역을 지게 되었소?"²²

"행차께선 이런 속담을 못 들어 보셨습니까? '나랏님에게도 미천한 일가 사람이 있다'는 말 말입니다. 그러니 그런 일이 어찌

---

22. **군이 상등~지게 되었소** 조선 시대에 양반은 군역의 의무를 면제받았기에 묻는 말이다.

제 신분에 누가 될 수 있겠습니까?"

객이 웃으며 말했다.

"참으로 군의 말이 훌륭하오, 훌륭해!"

객이 또 이어서 말했다.

"군의 마을에는 다른 양반이 또 있소?"

"있습니다."

"누가 있소?"

"북쪽 이웃에 예좌수芮座首가 살고, 동쪽 마을에 모별감牟別監이 있습니다."

"그분들 역시 상등 양반이오?"

"그렇습니다. 그분들이 양반인 건 저와 다름이 없으나, 그 위세와 권력은 제가 감히 따라갈 수 없지요. 옛날 예좌수가 미천하던 시절에는 그 아내가 밭에서 김을 매고 아들이 소를 먹였지요. 여름이면 삽을 메고 봇도랑으로 가서 양반입네 하며 자기 논에 먼저 물을 대게 하고, 겨울이면 베 옷감을 들고 시장에 나가 상놈들과 함께 술을 마셨습니다. 그러다가 권농[23]이 와서 인사하면 턱을 끄덕이며 '수고가 많네'라고 대꾸하고, 서원[24]이 와서 절하면 갓을 숙이며 '애쓰는구먼'이라고 대답했습니다. 그렇게 마을에서

---

23. **권농勸農** 권농관勸農官. 조선 시대에 농민에게 농경을 권장하며 수리水利와 관개灌漑업무를 관장하던 지방의 구실아치.
24. **서원書員** 행정 실무나 세금 징수 등의 일을 맡은 하급 아전.

지내는 그저 평범한 사람이었거늘, 하루아침에 별감으로 천거되더니 또 얼마 안 있어 좌수가 되더군요.

좌수가 되고 나니 밖에 나가 향청[25]에 앉아 있으면 아전들이 뜰 아래에 늘어서 절을 하고, 들어와 영감令監과 마주 앉아 있으면 통인[26]이 섬돌 앞에 줄지어 모시고 섰습니다. 예전엔 싸라기죽을 먹더니 지금은 새하얀 쌀밥을 먹고, 예전엔 걸어서 다니더니 지금은 살진 말을 타고 다닙니다. 기녀가 잠자리 시중을 들고 군졸이 문을 지키며, 기쁘면 환자[27]를 주고 성이 나면 볼기를 칩니다. 손님이 오면 술을 내오라 소리를 치고 목 마르면 차를 내오라 호령하지요. 평소에 어깨를 나란히 하고 사귀던 친구들 중에 이 양반에게 두 손을 모아 읍揖하며 예의를 표하지 않는 이가 없고, 째려보던 상놈들 중에 이 양반 앞에 엎드려 벌벌 떨지 않는 자가 없습니다. 위풍당당 호령 소리가 온 동네에 진동하고, 바리바리 뇌물이 사방에서 끊임없이 들어오니, 이야말로 대장부의 할 일 아니겠습니까?

하루는 예좌수가 환자를 나눠 주는 일로 바닷가 창고에 나가 있었는데, 제가 환자를 얻고자 가서 만났습니다. 예좌수가 제게 석 잔 술을 먹이기에 저는 혀를 차며 말했습니다.

༄༄༄

25. 향청鄕廳　조선 시대 군郡이나 현縣의 수령을 보좌하기 위하여 지방에 설치한 자문기관.
26. 통인通引　지방 관아에서 관장官長의 잔심부름을 하던 구실아치.
27. 환자　춘궁기에 백성에게 곡물을 대여했다가 추수한 뒤에 일정한 이자를 회수하던 제도.

'이야! 공께서는 좌수가 되시더니 정말 대단하시군요!'"
객이 박장대소하며 말했다.
"정말 상등 양반이시로구먼!"
이윽고 하인이 진지를 올리겠다고 아뢰자 내가 말했다.
"관솔불[28]을 켜서 올려라!"
"군은 상등 양반이신데 행장 안에 초를 넣어 다니지 않으시오?"
나는 거짓으로 꾸며 대답했다.
"저도 초가 있지만 어젯밤에 다 써버렸습니다."
대개 남의 호사스러운 모습을 보면 궁상맞은 내 모습이 부끄러워져 없으면서도 있는 척하며 상대에게 허풍을 떠는 것이 촌사람들이 흔히 하는 모습이다. 객은 나 또한 그러는 것인 줄 알고 한참 동안 비웃음을 짓더니 자기 하인을 불러 말했다.
"관솔을 피우면 연기가 매우니 우리 행장 안에 있는 초를 가져오너라!"
하인이 이에 마루 밑 섬돌에서 초를 켜자 맑은 연기가 흩어져 들어왔는데 휘황한 불빛이 보기 좋았다.
나는 오랫동안 객지 생활을 하다가 돌아가는 길이라 꾀죄죄한

---

28. **관솔불** 관솔에 붙인 불. '관솔'은 송진이 많이 엉긴, 소나무의 가지나 옹이로, 불이 잘 붙으므로 예전에는 여기에 불을 붙여 등불 대신 사용하였다.

도포가 칠흑처럼 새카맸다. 지니고 다니던 반찬을 펼쳐 놓고 보니 먹다 남은 볶은장 몇 덩어리와 문드러진 청어 반 마리뿐이었다. 젓가락을 들어 음식을 집으려다 객을 곁눈질해 보며 겸연쩍은 표정을 지어 보였다. 객은 눈을 껌벅이며 미소를 머금고 말했다.

"상등 양반의 반찬이 좋지 않구려."

나는 마치 실정을 들키자 말이 궁해서 둘러댈 수 없는 것처럼 꾸며 보이고는 도리어 웃으며 말했다.

"제가 시골 양반으로서는 비록 상등이라고 하나 어찌 감히 서울의 사대부와 비교할 수 있겠습니까. 음식이며 여행할 때 쓰는 물건을 갖추기가 어려운데, 하물며 오랜 객지 생활 끝이니 더 말할 나위가 있겠습니까?"

객은 내가 실토하는 모습을 보고는 즐거워하며 따뜻한 말로 나를 달래 주었다.

"참으로 군의 말과 같소. 경황없는 나그네 길에 어찌 나와 남이 있겠소?"

나는 밥을 다 먹을 즈음 하인을 불러 말했다.

"물을 가져와라!"

객이 말했다.

"내가 군에게 양반의 식사 예절을 알려 드리겠소. 하인이 진지를 올리겠다고 아뢰면 즉시 '들이라'고 말하시오. '올리라'고 하지 마시고. 숭늉을 마시고 싶으면 즉시 '진지했다!'라고 하시오.

'물을 가져와라'라고 하지 마시고."

"행차의 말씀이 지당합니다. 촌사람이 소박해서 그랬던 것이니 앞으로는 그렇게 하도록 하겠습니다."

"군은 장가드셨소?"

"아직 못 갔습니다."

"나이는 어찌 되시오?"

나는 웃으며 말했다.

"서른에서 하나가 빠집니다."

"아직 늦지 않았구려. 내년에 장가들면 『소학』의 도리를 잃지 않겠소.[29] 그런데 군은 상등 양반이시면서 왜 지금까지 혼인을 하지 못했소?"

나는 한숨을 쉬며 말했다.

"양반이기 때문에 아직 장가를 못 간 거지요. 저쪽에서 생각이 있으면 내가 싫고, 내가 생각이 있으면 저쪽에서 할 뜻이 없다는 군요. 시골 양반 중에는 저와 걸맞은 사람이 적은데 걸맞은 사람을 얻고 싶지만 좋은 바람이 불지 않아 마침내 이 지경에 이르렀을 뿐입니다."

"한탄하지 마오. 군은 키가 땅딸막하니 크지 않고, 턱은 맨들맨

---

29. 『소학』의 도리를 잃지 않겠소 『소학』小學에 "나이 서른이면 아내를 얻어 남자의 일을 다스리기 시작한다"라는 구절이 있기에 하는 말.

들하여 수염이 없으니, 키가 자라고 턱에 수염이 무성해지기를 기다린다면 어찌 장가들 날이 오지 않겠소?"

객은 내가 키가 작고 수염이 없는 것을 조롱했던 것이다.

"행차는 웃지 마십시오! 사람들이 하는 말에 '불효 중에 자식을 두지 못하는 것이 크다'[30]는 말이 있습니다. 나이 서른에도 혼인하지 못했으니 어찌 큰 근심거리가 아니겠습니까?"

"왜 예좌수나 모별감 댁에 혼인 요청을 하지 않으셨소? 그 댁에는 처자가 없답니까?"

"처자가 과연 있긴 하지요."

"그렇다면 아주 잘됐군요. 왜 구혼하지 않았소?"

나는 웃으며 말했다.

"그게 바로 '내가 생각이 있으면 저쪽에서 할 뜻이 없다'는 경우입니다."

"너무 심하군요, 심해! 군이 상등 양반으로서 몸을 낮추어 그쪽 집에 구혼했거늘, 그쪽에서 어찌 감히 이럴 수가 있단 말이오? 내 군을 보니 용모가 단아하고 언변이 좋아서 비록 시골에 있다 한들 분명 헛되이 늙을 리 없소. 현명한 목사가 군을 본다면 좌수나 별감으로 천거해서 임무를 맡길 게 틀림없소. 나도 군을 위해 혼인할 가문을 찾아서 아름다운 아내를 얻도록 해 보겠소."

---

30. 불효 중에 자식을 두지 못하는 것이 크다 『맹자』孟子「이루」離婁 상上에 나오는 말.

나는 그 말이 조롱하는 것인 줄 모르는 양 진심으로 기뻐하는 모습을 지어 보이고는 대뜸 이렇게 대답했다.

"그것 참 즐거운 일 아니겠습니까! 행차의 문중에 아기씨가 계신가 보죠?"

객이 갑자기 입을 딱 다물더니 한참 뒤에 문자를 써서 혼잣말을 했다.

"무여애하無如奈何(어리석음을 어찌할 수 없네)! 무여애하! 위농거박욕설爲弄擧博辱說(장난을 치다 그만 욕된 소리를 듣는구나)이로다."

그러더니 이렇게 말했다.

"우리 집에는 없지만 마땅한 처자가 있는 곳을 아니 돌아가 말해 보리다."

"그쪽에서 혼인을 허락한다 해도 제가 행차의 주소를 모르니 어떻게 소식을 듣는답니까?"

객이 웃으며 말했다.

"군은 행차의 주소를 몰라도 행차는 군의 주소를 아니 알려 주는 데 무슨 어려움이 있겠소? 내가 그 집에 알아보고 기쁜 소식을 얻게 되면 그 즉시 충청도 홍주 서면 금곡리로 사람을 보내 알리겠소."

"그리 해 주신다면야 정말 다행이겠습니다. 다행이겠어요."

"나이는 스무 살이 넘었어도 아직 장가를 들지 않았으니 여전히 도령인 셈이오."

객은 그렇게 말하더니 나를 '군'이라고 부르기도 하고 '노老도령'이라 부르며 놀리기도 했다.

이렇게 이야기를 나누고 나서 객은 글 외기를 그치지 않았다. 「강남을 슬퍼하다」³¹를 외기도 하고, 「익주 부자묘비」³²를 외기도 하고, 고시古詩를 외기도 하고, 우리나라 시인들의 시구를 외기도 했다.

"행차께서 읽는 건 무슨 책입니까?"

외는 것을 읽는다고 하는 것 또한 시골말이다. 객이 웃으며 말했다.

"풍월³³이오."

그러더니 객이 말했다.

"군의 신수를 보아서는 필시 활이나 칼을 다루지 못할 터인데, 혹시 유학儒學을 배웠소?"

나는 사양하지 않고 대답했다.

"제가 비록 시골에 삽니다만 무인武人의 일 배우는 것은 수치로 여깁니다. 유학은 잘 모르지만 글줄이라면 조금 알고 있지요. 다만 '중행'³⁴을 배우기가 몹시 어려워 열심히 반복해서 익히고는

---

31. 「강남을 슬퍼하다」哀江南 남북조시대南北朝時代 북주北周의 유신庾信이 지은 부賦.
32. 「익주 부자묘비」益州夫子廟碑 당唐나라 왕발王勃이 지은 글로, 촉蜀 땅에 공자孔子의 묘비廟碑를 세운 경위를 서술했다.
33. 풍월風月 음풍영월吟風咏月, 곧 시.

있습니다만 입이 어그러지고 혀가 뻣뻣해져서 지금까지 다 배우지 못했습니다."

객이 의아히 여겨 말했다.

"글에 무슨 중행이라는 게 있소?"

"14행[35]에서 각각 중행 두 글자[36]를 가져다가 획을 더해 음을 바꾼 것[37]이 몹시 배우기 어렵습니다."

객이 껄껄 웃으며 말했다.

"그건 언문이로구먼. 언문도 글이오? 내가 물은 건 진서眞書(한문)요."

"저희 고을에는 언문을 아는 사람도 드문데, 진서야 더 말할 나위가 있겠습니까? 진서를 안다면 집이 가난한 게 무슨 근심이겠으며, 또 한가로이 노닐지 못하는 게 무슨 근심이겠습니까? 이웃 마을의 아무개는 『천자거정』[38]을 배우더니 서원書員이 되어 부자가 되었기에 마을 사람들이 모두 공경하며 떠받들었습니다. 또 이웃 마을의 아무개는 『사략연구』[39]를 외더니 교생[40]이 되어 군역

---

34. **중행中行** 한글 14행(가·나·다·라·마·바·사·아·자·차·카·타·파·하)에서, 각 행의 중간에 있는 글자인 '고구·노누·도두·로루·모무·보부·소수·오우·초추·코쿠·토투·포푸·호후'를 가리킨다.
35. **14행** 한글의 14행, 즉 '가·나·다·라·마·바·사·아·자·차·카·타·파·하'를 말한다.
36. **중행 두 글자** '고구·노누·도두·로루·모무·보부·소수·오우·초추·코쿠·토투·포푸·호후'를 가리킨다.
37. **획을 더해 음을 바꾼 것** 중행 두 글자에 'ㅏ'와 'ㅓ'를 가획加劃하여 만든 글자인 '과궈·놔눠·돠둬·롸뤄·뫄뭐·봐붜·솨숴·와워·좌줘·콰쿼·톼퉈·퐈풔·화훠'를 가리킨다.
38. **『천자거정』千字居正** 천자문千字文의 일종인 듯하다.

을 면제받았기에 마을 사람들이 칭송하며 부러워했습니다. 또 어떤 사람은 시지⁴¹를 들고 과거 시험장을 출입하더니 송사訟事 중인 선배를 위하여 소지⁴²를 올린다며 붓을 휘달려 글을 쓰니 온 마을 사람들이 항상 그 집에 뇌물을 바치므로 꿩 머리와 생선 꼬리를 물리도록 먹어 이웃에까지 나누어 줍니다. 이게 바로 진서를 아는 이익이니 누구나 할 수 있는 일이 아닙니다. 우리 마을에 사는 김호수⁴³라는 이는 언문을 잘 알아서 호수 자리에 10여 년이나 있으면서 역시 살림이 풍족했습니다. 남자로서 진서를 못하면 언문이라도 배워야 결부⁴⁴를 요량하고 옛날이야기 책을 읽어 한 마을에서 우두머리 노릇을 할 수 있습니다."

"그러면 군이 언문을 배우는 건 장차 호수가 되기 위해서요?"

"아닙니다. 호수는 상인常人이 맡는 건데요. 저는 대동공세⁴⁵를 요량할 때 쓰려고 합니다."

객이 탄식하며 말했다.

"인재에 어찌 서울과 지방의 구별이 있겠는가마는 서울 선비

---

39. 『사략연구』史略聯句 『십팔사략』十八史略의 내용을 요약하여 한시漢詩로 대구對句를 맞추어 쓴 책인 듯하다.
40. 교생校生 지방의 향교鄕校나 서원書院에 다니는 생도.
41. 시지試紙 시험 답안지.
42. 소지所志 관에 올리는, 자신 혹은 타인의 사정을 호소하는 소장訴狀.
43. 김호수金戶首 김씨 성의 호수戶首. '호수'는 민호民戶 중의 한 수장首長으로, 전지田地 8결(1결=약 8천 평)을 한 단위로 하여 공부貢賦를 바치는 책임을 졌다.
44. 결부結卜 논밭에 매기던 단위인 목·짐·뭇의 통칭.
45. 대동공세大同貢稅 대동법大同法에 의한 세금.

중엔 진서를 모르는 이가 한 사람도 없거늘 시골 선비는 언문도 잘 모르니, 시골의 습속이 그렇게 만든 것일 게요. 어허! 사람이 글을 모른다면 사람이라 할 수 있겠소?"

"정말로 글을 알아야만 사람이라 할 수 있습니까? 저는 글을 모르지만 사람들이 저를 사람이라고 하는데요."

객이 웃으며 말했다.

"사람이 어찌 한 층위만 있겠소? 성인聖人이 있고, 현인賢人이 있고, 우인愚人이 있고, 악인惡人이 있나니, 겉으로 이목구비가 있고 속으로 오장육부가 있다고 해서 모두 똑같은 사람이라 할 수 없는 거요. 군은 옛날 분 중에 부자夫子가 계시다는 말을 못 들었소?"

"모릅니다."

"군의 고을에 향교鄕校가 있소?"

"있지요."

"향교에서 누구에게 제사를 올리오?"

"공자孔子님이지요."

객이 웃으며 말했다.

"내가 말한 '부자'가 바로 공자요."

"촌사람이 아는 게 없어서 공자님만 알고 공자님의 별호別號가 또 '부자'인 줄은 몰랐습니다."

객이 박장대소하며 말했다.

"그럼 옛사람 중에 도척[46]이란 자가 있다는 말은 들어 봤소?"

"그건 알지요."

"군은 공자와 도척 중에 누가 현인이라 생각하오?"

"공자님은 현인이시고, 도척은 악인이지요."

"맞소, 맞아! 푸른 하늘에 환한 해가 떠 있을 때에는 노비도 그 밝음을 알고, 날 저물어 캄캄한 밤에는 짐승도 그 어둠을 안다오. 공자와 도척이 똑같은 사람이기는 하나, 성인과 미치광이의 차이나 현인과 우인의 차이가 하늘과 땅처럼 현격하니, 그저 모두 똑같은 사람이라고 할 수 있겠소? 아아! 사람이 글을 알면 공자의 무리가 되고, 사람이 글을 모르면 도척의 무리가 되는 게요."

"그러면 행차께선 글을 아니 공자의 무리이고, 저는 언문을 읽을 수 있으니 도척의 무리는 충분히 면할 수 있겠습니다."

객이 웃으며 말했다.

"누가 도척이 언문을 모른다고 합디까?"

객은 또 문자를 써서 혼잣말을 했다.

"수연雖然(비록 그러하나)이나 초힐稍黠(꽤 영리하구나)이로세! 초힐이로세!"

나는 객이 혼자 한 말이 문자인 줄 모르고 풍월을 왼 것으로 알아들은 척하며 물었다.

※※※

46. **도척盜跖** 고대 중국의 도적 이름. 9천여 명의 부하를 거느리고 천하를 횡행하였다고 한다.

"행차께선 또 풍월을 읽으십니까? 그 뜻은 무엇이며, 시체[47]는 무엇입니까?"

객은 내가 자신의 말을 못 알아듣고 엉뚱한 질문을 한다 여기고는 웃으며 대꾸했다.

"군은 풍월을 배우고 싶소? 음풍영월[48]하고 견흥언지[49]하는 것이 풍월의 뜻이요, 시체는 5언과 7언의 구별이 있소. 나와 함께 풍월을 주고받아 지을 수 있겠소?"

나는 하하 웃으며 말했다.

"풍월은 진서 아닙니까. 진서를 모르는 사람도 풍월을 할 수 있답니까?"

객이 허허 웃으며 말했다.

"군은 정말 물정에 어둡구려. 풍월이 한 가지 길만 있겠소? 글을 아는 사람은 진서 풍월을 짓고, 글을 모르는 사람은 육담[50] 풍월을 지으면 되는 거지. 군은 비록 진서를 모르지만 육담이야 모를 리 없지 않소?"

"육담이야 알지만 다섯 글자나 일곱 글자로 모으는 걸 저 같은 사람이 어찌 할 수 있겠습니까?"

---

47. 시체詩體 시의 형식.
48. 음풍영월吟風咏月 맑은 바람과 밝은 달을 대상으로 흥취 있게 시를 지음.
49. 견흥언지遣興言志 흥취를 풀어내고 뜻을 말함, 곧 시를 짓는 일.
50. 육담肉談 저속하고 품격이 낮은 말. 여기서는 언문을 말한다.

"군이 말하는 걸 들어 보니 말재간이 있소. 필시 육담을 잘할 것이니 한번 지어 봅시다."

나는 고개를 절레절레 흔들며 말했다.

"제가 할 수 있는 일이 아니니 행차 혼자 하십시오."

"짓는 게 어렵지 않으니 내가 하는 걸 흉내 내어 지어 보오."

그러더니 한 구절을 불렀다.

아견향지도我見鄕之賭[51]

괴저형체조怪底形体條[52]

"무슨 뜻입니까?"

객은 한 글자 한 글자 풀이하여 말했다.

"'아'我는 '나'를 뜻하고, '견'見은 '본다'는 뜻이고, '향'鄕은 '시골'을 뜻하고, '지'之는 '간다'는 뜻이나 여기서는 어조사語助辭이고, '도'賭는 이른바 '위기도서'圍碁賭墅[53]라고 할 때의 '도' 자이니 그 뜻은 '내기'라오. 이 문자들의 출처를 군이 어찌 알겠소? '괴

---

51. 아견향지도我見鄕之賭 '내 시골**내기**를 보니'라는 뜻. '賭'는 그 훈訓인 '내기'로 풀이해야 한다.
52. 괴저형체조怪底形体條 '몸**가짐**을 괴상히 하는도다'라는 뜻. '條'는 그 훈인 '가지'로 풀이해야 한다.
53. 위기도서圍碁賭墅 별장을 걸고 내기바둑을 두다. 전진前秦의 부견苻堅이 백만대군을 이끌고 동진東쯥에 쳐들어왔을 때 동진의 정토대도독征討大都督 사안謝安은 친구들이 모인 산장에 가서 자신의 별장을 걸고 태연자약하게 내기 바둑을 두었다는 고사가 있다.

저'怪底는 '괴상하다'는 뜻이고, '형체'形体는 '몸'을 뜻하며, '조'條는 '가지'를 뜻하는데 여기서는 '가짐'이라는 뜻으로 썼소."

나는 무슨 말인지 모르겠다는 것처럼 거짓으로 꾸며 대답했다.

"사람의 몸에도 가지가 있습니까?"

"둔하구려, 군의 재주는! 그러니 중행을 못 배울 수밖에! 시골 사람의 몸가짐이 괴상하다는 뜻 아니오."

나는 성이 난 척 말했다.

"행차는 저를 조롱하는 겁니까?"

"시골 사람이 어디 군밖에 없소? 내가 시골에서 오다가 그런 사람을 많이 보았기에 하는 말이지 군을 두고 한 말이 아니오. 군은 시골의 수재요 큰 인물인 듯하니 쉽게 얻을 수 있는 사람이 아니오."

나는 화를 누그러뜨리며 좋아하는 기색을 지어 보였다. 객이 또 이어서 읊었다.

부족언문신不足諺文辛[54]

의호진서소宜乎眞書沼[55]

---

54. **부족언문신**不足諺文辛 '언문을 쓸 줄 모르니'라는 뜻. '辛'은 그 훈인 '쓰다'로 풀이해야 한다.
55. **의호진서소**宜乎眞書沼 '진서 못함이 마땅하도다'라는 뜻. '沼'는 그 훈인 '못'으로 풀이해야 한다.

대개 '신$_{¥}$'의 뜻이 '사$_{寫}$'의 뜻 '쓰다'와 같고, '소$_{㴽}$'의 뜻이 '불$_{不}$'의 뜻 '못하다'와 비슷하므로 그렇게 말한 것이었다.

마침내 객은 나에게 화답하는 시를 지어 보라고 했다. 나는 몇 번이고 굳이 사양했다. 객은 화를 낼 듯한 표정이더니 다시 웃으며 말했다.

"내가 이미 군을 위해 풍월을 지었거늘 군이 끝내 여기에 화답하지 않는다면 이는 나를 우습게 여기는 거요. 나더러 군을 쫓아내라는 거요?"

"쫓아내려거든 쫓아낼 일이지만 왜 이리 아이처럼 협박을 하십니까? 제가 촌사람이라 비록 글은 모르지만, 그런 말씀은 하나도 무섭지 않습니다!"

객이 또 웃으며 말했다.

"군은 정말 담이 큰 사람이오. 농담이었으니, 일단 화답해 보시오."

"정말 풍월을 할 줄 모르니 존$_{尊}$[56]의 말씀대로 존을 흉내 내서 지어 보겠습니다."

객이 기뻐하며 말했다.

"좋은 일 아니겠소!"

---

56. **존尊** 객에 대한 '나'의 호칭이 이전과는 달리 '존'으로 바뀌었음에 유의해야 한다. 서서히 관계가 역전되고 있다.

객은 객지 생활이 오래되어 쓸쓸히 등불 하나 마주하며 심심하기 그지없던 차였으므로 짐짓 나를 상대로 우스개도 하고 조롱도 하며 재밋거리로 삼으려 했던 것이었다. 내가 읊었다.

아견경지표我見京之表[57]

미처 한 구절을 다 부르기도 전에 객이 대뜸 물었다.
"무슨 뜻이오?"
나는 객이 한 것과 똑같이 한 글자 한 글자 풀이를 해 주다가 '표'表 자에 이르러 풀이하지 못하는 듯한 기색을 보이며 다만 이렇게 말했다.
"위는 '주'主 자 모양이고, 아래는 '의'衣 자 모양인데……."[58]
"그건 '표' 자요. 군은 혹 서울에 가서 우리나라 사람들의 표책[59]을 보고 온 게요?"
"진서도 모르는데 표책을 어찌 알겠습니까? 저는 촌사람입니다. 누에에서 명주실을 뽑고 옷감을 짜서 해시[60]에 내다팔면 장사꾼들은 거친 명주를 보고는 '내주'[61]라 하고, 촘촘하니 좋은 명주

---

57. 아견경지표我見京之表 '내 서울 것을 보니'라는 뜻. '表'는 그 훈인 '겉'(←겉)으로 풀이해야 한다.
58. 위는 '주'主~ '의'衣 자 모양인데 '표'表 자를 파자破字하여 말한 것이다.
59. 표책表册 표문表文을 모아 놓은 책. '표문'은 소회所懷를 진술하여 왕에게 올리는 글.
60. 해시亥市 하루 걸러 서는 장. 혹은 인일寅日·사일巳日·신일申日·해일亥日에서는 3일장을 가리키기도 한다.

를 보고는 '표주'⁶²라 하더군요. 이 때문에 '표' 자의 뜻이 '겉'인 줄 알았습니다."

객이 처음엔 묵묵히 있더니 자못 기이하게 여기는 기색이 있었다. 나는 또 읊었다.

과연거동융果然擧動戎⁶³

한 글자 한 글자 풀이해 나가다가 '융'戎 자에 이르러 또 말했다.
"'융'은 '되'⁶⁴ 융 자입니다."
객이 깜짝 놀라 말했다.
"아니! 이 무슨 말이오?"
"행차께선 이상히 여기지 마십시오. '융'은 원래 '융로'戎虜(오랑캐)라고 할 때의 '융' 자이지만 다른 뜻이 있습니다. 제가 어릴 때 스님에게 천자문을 배웠는데, 스님이 이 글자를 가르쳐 주면서 뜻을 '되'라고 풀이하시더군요."

사실 나는 서울 양반의 거동이 교만하기 그지없기에 그렇게 쓴 것이었다. 객은 갑자기 벌떡 일어났다가 자리에 앉더니 내 손을

---

61. **내주**內紬 품질이 나빠서 겨우 안감으로나 쓰일 명주.
62. **표주**表紬 품질이 좋아 겉감으로 쓰일 명주.
63. **과연거동융**果然擧動戎 '과연 거동이 되도다'라는 뜻. '융' 자는 훈이 '되'(오랑캐)이므로 '거동 융'은 '거동이 되도다'가 된다. 여기서 '되도다'는 '오랑캐도다'라는 뜻.
64. **되** '오랑캐'라는 뜻.

잡고 자세히 살펴보고는 이렇게 말했다.

"존![65] 나쁘군요, 나빠! 어찌 사람 속이기를 이렇게까지 심하게 하실 수 있습니까? 존의 속임수에 빠져 완전히 우스운 꼴이 되었습니다."

그러고는 또 혀를 끌끌 차며 말했다.

"과연 제가 어리석은 기질이 있어 객관에 묵으며 이런 행동을 여러 차례 했지만 한 번도 낭패를 보지 않았는데, 오늘 마침내 존께 곤욕을 당하여 가련한 신세가 되었습니다. 참으로 깊은 수렁에 보기 좋게 빠지고 말았으니, 이기기 좋아하는 자가 반드시 그 적수를 만난다는 말이 꼭 들어맞는군요. 제 죕니다, 제 죄예요! 그렇긴 하지만 존께선 참 지독히도 저를 욕보이셨습니다."

나는 웃으며 말했다.

"서울 양반이 어디 군[66]밖에 없겠소? 내가 서울에서 오다가 그런 사람을 많이 보았기에 하는 말이지 군을 두고 한 말은 아니오. 군 같은 분이야 서울에서도 덕이 많고 그릇이 큰 분인 듯하니 쉽게 얻을 수 있는 분이 아니지요."

객이 웃으며 말했다.

"그건 제가 했던 말이군요. 존께서는 어쩌면 그리도 빨리 되돌

---

65. 존 '나'에 대한 객의 호칭이 다시 '군'에서 '존'으로 바뀌었다.
66. 군 '나'가 객을 '군'이라고 칭하며 말투를 바꾸고 있음에 유의해야 한다.

려 주십니까?"

"'네게서 나온 것은 네게로 돌아간다'[67]는 말을 군은 듣지 못했소?"

내가 늘 객에게 '행차'라고 부르며 높여 주다가 갑자기 '군'이라고 낮춰 부르자 객이 웃으며 말했다.

"'행차'는 어디로 갔습니까?"

나는 이렇게 말했다.

"'노도령'은 어디로 가고 갑자기 '존'이라 부르십니까?"

"'노도령'이란 호칭이 듣기 안 좋으셨습니까? 노도령을 위해 혼사 의논하던 일은 결코 잊지 마십시오. 약속을 저버리시면 안 됩니다! 만일 저버린다면 정말 한 입으로 두 말 하는 사람입니다."

객이 웃으며 말했다.

"제가 바보같이 굴었던 얘기는 이제 그만하십시오. 노도령을 위해 혼사를 주선해 보겠다는 게 뭐 그리 이상합니까?"

나도 웃으며 말했다.

"내 반드시 존[68]의 문중 아기씨에게 장가들고 말 겁니다."

객이 내 손을 치며 껄껄 웃더니 말했다.

---

67. 네게서 나온 것은 네게로 돌아간다 『맹자』「양혜왕」梁惠王 하下에 나오는 말.
68. 존 객에 대한 호칭이 '군'에서 '존'으로 바뀌었다.

"우리 문중에 비록 아기씨가 있다 한들 예좌수와 모별감이 원치 않는 이에게 어찌 시집보낼 수 있겠습니까?"

그러고는 나를 흘겨보고 웃으며 말했다.

"속임수를 쓰는 계략이 헤아릴 길 없이 깊군요. 처음에는 존께서 '마소'니 '양식쌀'이니 하는 말을 듣고 조금 얕보는 마음이 생겼었지요. 중간에 존께서 김승이란 자가 존의 자字를 불렀다는 이야기를 들으면서 몹시 깔보는 마음이 생겼습니다. 그러다가 끝에 가서 존께서 '부자'夫子가 공자의 별호別號라고 이야기하면서는 완전히 업신여기게 되었지요. 물정에 어둡지 않으면서 일부러 촌사람 티를 내고, 진서를 알면서 글을 모르는 듯 속이니, 이로써 존은 '사기'詐欺 두 글자를 면할 수 없사외다."

"그대[69]는 병법을 모르십니까? 맹금猛禽은 먹이를 낚아채기 전에 발톱을 숨기고, 맹수는 몸을 솟구치기 전에 목을 움츠리는 법이지요.[70] 그러므로 명장名將이 적을 제압할 때에는 강해도 적에게 약한 척 보이고 용맹해도 겁먹은 척 보이는 것입니다. 제가 그대에게 인사드릴 때 진작 그대가 저를 깔보는 마음을 갖고 있으며 저를 무시하는 태도를 갖고 있음을 알았습니다. 그래서 저는 장

---

69. 그대 원문은 '자'子이다. 객에 대한 호칭이 '존'에서 '자'로 바뀌었다. '자'는 경칭이다.
70. 맹금猛禽은 먹이를~움츠리는 법이지요 공격하기에 앞서 몸을 움츠려 상대를 방심하게 만든다는 뜻. 『육도』六韜 무도武韜 「발계」發啓에 "맹금은 먹이를 낚아채기 전에 낮게 날며 날개를 움츠리고, 맹수는 공격하기 전에 귀를 접고 바짝 엎드립니다"라는 구절이 있다.

차 저 어리석은 뜻을 꺾어 주리라 마음먹었기에 발톱을 숨겨 약한 척 보이지 않을 수 없었습니다. 또 저 교만한 기운을 꺾어 주리라 마음먹었기에 목을 움츠려 겁먹은 척 보이지 않을 수 없었던 거지요. 이건 모두 병법에 나와 있는데 그대가 몰라 놓고 도리어 제가 사기를 쳤다고 해서야 되겠습니까? 옛날 양화가 술수를 부리므로 공자께서 또한 속임수로 대응하셨고,[71] 이지가 정성을 다하지 않으므로 맹자 또한 꾀병을 부렸지요.[72] 이 또한 '사기'의 술수라고 하시렵니까?"

"그대[73]가 이토록 말을 잘하시는 줄 미처 몰랐소이다."

객이 아까 그 풍월을 완성해 보라고 청하기에 나는 이리 읊었다.

대저인물대大抵人物貸[74]

객이 말했다.

※※※

71. **양화가 술수를~속임수로 대응하셨고**   '양화'陽貨는 노魯나라 계환자季桓子의 가신家臣으로 국정을 전횡했던 양호陽虎를 말한다. 공자가 자신의 부름에 응하지 않자 공자가 외출한 틈을 타서 선물을 보냄으로써 공자가 답례차 자기를 찾아오게 하려 했으나, 공자는 양화의 의도를 간파하고 양화가 집을 비운 틈을 타서 답례하고 돌아온 일이 『논어』論語 「양화」陽貨에 보인다.
72. **이지가 정성을~꾀병을 부렸지요**   묵가墨家의 인물인 '이지'夷之가 맹자를 방문하고자 여러 번 정성을 들였으나 맹자가 병을 칭탁하여 만나주지 않았던 일이 『맹자』 「등문공」滕文公 상上에 보인다.
73. **그대**   원문은 '자'子이다. 객 역시 '나'처럼 상대방을 '자'로 칭하고 있다. 이제 호칭에서 대등한 관계가 성립되었다.
74. **대저인물대大抵人物貸**   '대저 인물이 꾸나'라는 뜻. '貸'는 그 훈인 '꾸다'(꿔다)로 풀이하여 '방귀깨나 뀐다', 곧 '사람이 세도를 부리며 오만방자하게 군다'는 뜻으로 해석된다.

"'대'貸 자는 무슨 뜻입니까?"

"그대는 이 글자의 뜻을 모르십니까? 내 물건을 남에게 꾸어 준다는 뜻입니다. 사람의 방귀도 '꾸다'라고 하지요."

"욕보이는 게 너무 심하군요! '가는 말이 고와야 오는 말이 곱다'는 속담도 있지 않습니까. 내가 먼저 얄궂은 시를 지었다가 이런 욕을 보게 되었으니 누구를 원망하겠소이까!"

나는 웃으며 말했다.

"'아이 욕 하다 어른 욕 듣는다'[75]는 속담도 있지요?"

나는 계속 이어서 읊었다.

　　　불과의관몽不過衣冠夢[76]

객은 묻지 않고 즉시 풀이를 했다.

"'몽'夢 자는 꾸민다는 뜻이니, '의관을 꾸밈에 불과하다'[77]는 말이 되는군요."

그러고는 자기 옷자락을 들어 보이며 탄식했다.

"부끄럽소, 부끄러워!"

---

75. 아이 욕 하다 어른 욕 듣는다　아이에게 욕을 하다가 그 아이의 아버지한테 욕을 본다는 뜻.
76. 불과의관몽不過衣冠夢　'의관衣冠을 **꾸밈**에 불과하도다'라는 뜻. '夢'은 그 훈인 '꿈'(→꾸밈)으로 풀이해야 한다.
77. 의관을 꾸밈에 불과하다　옷차림만 번드르르하게 꾸민 것에 불과하다.

나도 내 옷자락을 들어 보이며 말했다.

"이런 게 부끄럽지 그대의 가볍고 따뜻한 옷이야 얼마나 좋습니까?"

"그렇다면 그대는 자로의 해진 솜옷을 부끄러워하고[78] 자화의 가벼운 갖옷을 부러워하는[79] 분입니까? 제가 욕본 것이 이미 심하니 이제 기만하는 말은 그만하시는 게 어떻겠습니까?"

그러고 나서 객은 자기가 지은 구절을 먼저 읊고 이어서 내가 지은 구절을 읊어 보더니 말했다.

"글자마다 저보다 낫소이다."

그러더니 대뜸 말했다.

"그런데 그대는 왜 압운[80]을 하지 않으셨습니까? '융'戎 자는 평성[81]인데, '몽'夢 자는 거성[82]이군요."

"그대는 '내가 짓는 걸 흉내 내서 지으라'고 하지 않으셨습니까? 그대를 흉내 내어 지었기에 압운을 하지 않았지요. '조'條 자는 평성이고, '소'沼 자는 거성 아닙니까?"

❦❦❦

78. **자로의 해진 솜옷을 부끄러워하고** 공자는 제자 '자로'子路에 대해, 해진 솜옷을 입고서 값비싼 갖옷을 입은 자와 나란히 서더라도 부끄러워하지 않을 사람이라고 칭찬한 적이 있다. 이 일은 『논어』「자한」子罕에 보인다.
79. **자화의 가벼운 갖옷을 부러워하는** 공자의 제자 '자화'子華는 집이 부유하여 공자의 분부를 받아 제齊나라로 갈 때 살진 말을 타고 가벼운 갖옷을 입었다고 한다. 이 일은 『논어』「옹야」雍也에 보인다.
80. **압운押韻** 한시에서 짝수 구절의 마지막 글자에 같은 운韻에 속하는 글자를 넣는 일.
81. **평성平聲** 사성四聲의 하나로, 낮은 소리.
82. **거성去聲** 사성四聲의 하나로, 높은 소리.

객은 '소'沼 자가 거성이라는 걸[83] 깜박하고 그런 말을 했던 것이었다.

나는 이어서 말했다.

"그대의 풍월은 참으로 교묘하지만 모두 좋기만 한 것은 아닙니다. '가지 지枝' 자와 '못 지池' 자[84]로 압운하지 않고 왜 굳이 '가지 조條' 자와 '못 소沼' 자를 쓰셨는지요?"

"과연 그렇군요! 제가 미처 생각하지 못했습니다. 그대보다 한 수 아래임을 인정하지 않을 수 없군요."

객은 그렇게 말하고 촛불을 들어 비추며 내 얼굴을 다시 한 번 살펴보더니 입을 크게 벌리고 껄껄 웃으며 말했다.

"생각해 보니 앞서 이야기했던 한마디 한마디가 모두 저를 속이던 말이어서 부끄럽기 그지없습니다. 제가 밤에 그대를 만나서 옷차림이 꾀죄죄하고 말씨가 촌스러운 것만 보고는 속임을 당하는지, 꽁꽁 묶여 그물 안에 잡혔는지도 모르다가 마침내 대망신을 당하고 말았습니다만, 훤한 대낮이었다면 이 지경에까지야 이르지 않았겠지요. 애석합니다! 처음에 제가 그대더러 두 말을 한다고 했을 때 대답하던 말[85]이나 도척의 무리 운운할 때 답하던 말[86]을 듣고 퍽 이상하다 여겼지만 끝내 알아차리지 못했습니다."

※※※※

83. '소'沼 자가 거성이라는 걸   '소'沼 자는 실은 상성上聲(낮았다가 높아지는 소리)이다. 작자의 착각이다.
84. '가지 지枝' 자와 '못 지池' 자   둘 다 '지'支 운韻으로, 평성이다.

나는 웃으며 말했다.

"그게 '수연雖然이나 초힐稍黠이로세! 초힐이로세!'라고 하시던 땝니까?"

객은 껄껄 웃으며 말했다.

"이미 친해졌으니 통성명하고 훗날 다시 만날 기약을 해도 좋지 않겠습니까?"

나는 겸양하여 말했다.

"촌사람이 감히 먼저 말할 수 있겠습니까? 서울 손님이 먼저 말씀하시지요."

"그대는 정말 계속 그런 말씀을 하실 겁니까?"

객은 이름을 말할 듯이 하다가 갑자기 입을 닫더니 말했다.

"그만두십시다. 객지에서 만나 통성명은 해서 뭐하겠습니까?"

내가 거듭 이름을 알려 달라고 했더니 객은 천천히 말했다.

"제 집은 회현동87에서 멀지 않은 곳에 있습니다."

그러고는 끝내 성명을 밝히지 않는 것이었다. 아마도 자신이

---

85. **처음에 제가~대답하던 말** 처음에 '나'가 다른 방을 구할 동안만 잠시 머물다 가겠다고 하다가 하룻밤 묵어가기를 청했을 때 객이 "처음에는 나가겠다고 하고, 지금은 머물겠다고 하니, 이건 두 말을 하는 게 아니오?"라고 말하자 '나'가 "처음에는 내쫓을 걸 그만두라 하시고, 지금은 나가라 하시니, 이건 한 말씀입니까?"라고 대답한 것을 가리킨다.
86. **도척의 무리 운운할 때 답하던 말** 객이 '나'에게 도척을 아느냐고 물었을 때 '나'가 안다고 한 뒤 "그러면 행차께선 글을 아니 공자의 무리이고, 저는 언문을 읽을 수 있으니 도척의 무리는 충분히 면할 수 있겠습니다"라고 대답한 것을 가리킨다.
87. **회현동** 지금의 서울 중구에 있는 동.

봉욕당한 걸 알고 이 일이 밖으로 퍼지는 것이 부끄러워 자신의 정체를 숨기고 지금의 일도 숨기고 싶어서 그러는 듯했다. 객이 처음 물었을 때 내가 먼저 이름을 말했더라면 객도 의심 없이 자기 이름을 말했을 터인데, 내가 괜히 먼저 말하라고 겸양하다가 객으로 하여금 비밀로 하려는 생각을 일으키게 하여 끝내 그 성명을 못 듣게 되었으니 한스러울 뿐이다. 나는 그 뒤에 소변을 보러 간다고 둘러대고 일어나 측간으로 가면서 하인을 불러 객이 거느리고 온 하인들에게 주인의 이름을 가만히 물어보게 했지만 끝내 말하지 않더라고 했다. 의심컨대 객이 나보다 앞서 나갔을 때 그 하인들에게 이름을 말하지 못하도록 몰래 당부해 두고는 나를 탐지하고 있었는지 모르겠다.

객이 또 말했다.

"그대는 술을 좋아하십니까?"

"한량없이 마시지요."

객이 웃으며 말했다.

"내가 전에 한 이야기를 잊어 버리고 물었소이다. 아까 그대가 바닷가 창고에 갔을 때 석 잔 술을 마셨다고 했었지요."

그러더니 또 말했다.

"남을 속이기를 이처럼 하시니 제가 어리석어서만은 아닌 것 같고, 비록 지혜로운 사람이라 하더라도 속지 않기가 어렵겠습니다."

"지혜로운 사람은 애당초 그대 같은 행동을 하지 않지요. 내가 들어와 절할 때 그대는 누운 채 일어서지 않던데, 무슨 그런 인사가 있답니까? 내가 비록 촌사람인 데다 꾀죄죄한 옷차림을 하고 있었다고 할지라도, 그대가 서울 사대부라고 해서 답례하지 않는다는 게 말이 되는 일입니까?"

"그만해요, 그만해! 생각할수록 가소롭습니다."

객은 그러고 나서 하인을 불러 술상을 내오게 했다. 술병은 놋쇠로 만든 것이고, 잔은 이른바 앵무배[88]였다. 함께 석 잔씩을 마시고는 안주로 전복을 먹고 누웠다.

객이 말했다.

"내가 이제 그대의 글재주를 알았으니 진서眞書 풍월을 주고받으면 어떻겠습니까."

"언문을 쓸 줄 모르니(不足諺文辛) 어찌 진서 풍월을 할 수 있겠습니까. 진서 풍월은 정말 못(沼)합니다, 정말 못(沼)해요!"

"쓸데없는 말씀 마시고, 너무 사양하지 마시구려!"

객은 그러더니 절구 한 편을 읊었다.

촉주蜀州는 한韓이 위韋인 줄 알지 못했고[89]
위나라 사신은 장록이 범수인 줄 알지 못했네.[90]

༺༻༺༻༺༻

88. 앵무배鸚鵡盃 자개로 앵무새의 부리 모양을 본떠 만든 술잔.
89. 촉주蜀州는 한韓이~알지 못했고 한씨韓氏 성으로 행세한 사람이 실은 위씨韋氏인 줄 촉주 자사蜀州刺史가 몰랐다는 뜻이겠는데, 그 고사는 미상.

예부터 이름난 현인들도 남에게 속은 일 많으니
오늘 그대에게 속은 일 비웃지 마오.

나는 객의 시에 차운[91]하여 읊었다.

밥 빌어먹던 이가 제나라 왕 되고[92]
날품팔이하던 이가 장초의 왕 되었네.[93]
부귀하다 해서 가난한 선비 경멸 마오
교만한 사람 치고 속임 당하지 않는 이 없으니.

객이 말했다.
"좋군요! 연구[94]를 지어 보실까요."

---

90. **위나라 사신은~알지 못했네** '범수'范雎는 전국시대 위魏나라 사람으로, 처음에 위나라의 중대부中大夫 수고須賈를 섬겼으나 제齊나라에 사신으로 갔다가 제나라와 밀통한다는 무고를 받아 형벌을 받고 겨우 목숨을 건졌다. 진秦나라로 도망한 범수는 장록張祿이라 이름을 고치고 진나라 소왕昭王에게 계책을 바쳐 재상의 지위에 오르게 되었다. 훗날 위나라의 수고가 진나라에 사신으로 왔으나 진나라의 재상 장록이 곧 범수임을 알아보지 못했다.
91. **차운次韻** 다른 시의 운韻이 되는 글자를 그대로 써서 시를 짓는 일.
92. **밥 빌어먹던 이가 제나라 왕 되고** '제나라 왕'은 한漢나라의 개국공신 한신韓信을 가리킨다. 한신은 젊은 시절, 빨래하던 여인에게 밥을 얻어먹을 정도로 곤궁했으나 훗날 한나라의 대장군이 되어 제齊나라 왕에 봉해졌다.
93. **날품팔이하던 이가 장초의 왕 되었네** '장초의 왕'은 진秦나라 말에 오광吳廣과 함께 반란을 일으켜 왕을 칭했던 진승陳勝을 가리킨다. 진승은 젊은 시절 남의 논에서 날품팔이를 했으나 훗날 진나라에 반기를 들고 왕을 칭하며 국호를 '장초'張楚(초나라를 크게 넓힌다는 뜻)라고 했다.
94. **연구聯句** 한 사람이 각각 한 구句 혹은 두 구씩 지어 이를 합하여 만든 시.

나는 "좋습니다"라고 말하고 먼저 한 구절을 읊었다.

객관에서 만나 객관에서 헤어지니

객이 즉시 읊었다.

친구의 마음 친구가 알리.

객이 또 한 구절을 읊었다.

훗날 오늘밤 기억하려나

내가 읊었다.

밝은 달이 또렷이 우리를 비추네.

객이 말했다.
"4운[95]을 지어 보실까요."
그러더니 먼저 시를 지어 읊었다.

❦❦❦

95. 4운韻 짝수 구절의 끝에 들어가는 운자韻字가 네 개 있는 율시律詩를 말한다.

새가 저물녘 요로원에 깃들일 적에
우연히 만나 얘기 나누다 좋은 인연 맺었네.
남쪽 땅의 그대는 묻혀 있는 진주요
서울 사는 나는 우물 안 개구리.
가는 봄날 버들 사이에 꾀꼬리가 노닐고
달빛 아래 술동이에는 좋은 술이 가득하네.
우리가 주고받은 시 두고두고 보리니
만났다 해서 꼭 이름 알릴 것 없네.

나는 화답하는 시를 지었다.

맑은 바람 밝은 달에 가없는 흥취
여기서 만난 건 참으로 인연.
그대여 근심과 기쁨을 한 잔 술에 부치길
나는 불우와 현달을 하늘에 맡기려네.
지기知己를 얻어 황금 같은 약속 맺고
늙기 전 청사青史에 이름 남기리.
빛나는 그 이름 아이들도 알 텐데
오늘 이름 말하는 게 그리 어렵나?

객은 미리 만들어 두기라도 한 것처럼 대번에 척척 시 한 편을 이루었지만 나는 한참 힘들게 머리를 짜내서야 겨우 시를 지을 수 있었다. 객은 그때마다 내게 빨리 답시答詩를 지으라고 재촉하며 "뭘 그리 어려워합니까?"라고 말하는 것이었다.

내가 "6언96을 지어 볼까요?"라고 말하자 객은 "좋습니다"라고 말했다. 내가 먼저 읊었다.

서울의 푸른 나무는 그대 사는 곳
호서97의 푸른 산엔 내 집이 있네.
흠뻑 취하여 호탕하게 노래 부르니
저 많은 속물들은 그 누구런가.

객이 즉시 답시를 지었다.

밝은 달이 천 리를 비추는 이 좋은 밤
아름다운 복사꽃이 일만 집에 피었네.
술동이 앞에 두고 글짓기 멈출 수 없거늘
내일 아침이면 어이 이별할꼬?

96. 6언言 한 구句가 여섯 글자로 이루어진 시.
97. 호서湖西 충청도.

내가 "3·5·7언[98]을 지어 볼까요?"라고 말하자 객은 "좋습니다"라고 말했다. 내가 먼저 읊었다.

손에는 술잔 들고
입으로는 시를 읊네.
바람에 꽃은 눈처럼 흩날리고
비온 뒤 버들은 실처럼 흔들리네.
요로원에서 요로要路의 객[99]을 만났군
서울 사람[100] 서울로 돌아갈 때에.

객이 또 즉시 화답하여 읊었다.

그대여 술잔 비우고
내 시를 들어 보오.
오늘 옥 같은 얼굴
내일이면 귀밑머리 하얗게 세겠지.
훌쩍 가는 세월은 나그네처럼 지나가리니

---

98. 3·5·7언言   3언·5언·7언을 섞어서 짓는 고시古詩의 한 형식.
99. 요로要路의 객   '객'을 가리킨다. '요로'는 중요한 직위를 일컫는 말.
100. 서울 사람   '객'을 가리킨다.

놀이도 젊은 한 시절뿐이라오.

내가 말했다.

"시가 참으로 좋습니다. 그대는 분명 서울의 재주 있는 선비요 약관의 시인이로군요. 어쩌면 이리도 시가 훌륭하고 재주가 민첩한지요! 저는 과거 시험에서 시와 부賦를 지어 내야 하기에 문예를 등한시하지 못하는 처지입니다만, 남의 강권을 받아 어쩌다가 화답하는 시를 지어 보려 하면 말이 껄끄럽고 운韻을 맞추는 것이 졸렬해서 제가 시를 쓴 종이는 장독 덮개로나 쓸 수 있을 뿐 더러운 티끌처럼 보기에도 부족합니다. 참으로 '남에게 주는 이 시를 함부로 지었나 두렵구나'[101]라는 말은 저에게 꼭 맞는 말 같습니다."

"너무 겸양하지 마시구려. 저는 어려서 시를 배울 때부터 시상詩想은 천박하고, 시어詩語는 남을 깜짝 놀라게 하기에 부족했지만 시 지을 때 어려워하며 머뭇거리는 병만은 없었습니다."

객은 그렇게 말하더니 웃으며 말을 이었다.

"시가 공교롭건 공교롭지 못하건, 시를 잘 짓건 못 짓건 간에, 빨리 짓는 것으로만 친다면 칠보시를 지은 조식[102]이나 오보시五步

---

101. **남에게 주는~지었나 두렵구나** 두보杜甫의 시 「동천東川으로 가는 왕시어王侍御를 보내며」(送王侍御往東川, 放生池祖席)의 한 구절.

詩를 지은 사청103이 온다 해도 저는 항복하지 않겠습니다. 그대는 3·5·7언으로 원元·백白104을 압도하고자 합니까?"

내가 말했다.

"그대는 정말 '물 흐르듯 글이 이루어져 조금도 작위적인 곳을 찾을 수 없네'105라는 시구에 해당하는 분이로군요. 진서 풍월에서는 참으로 저의 적수가 아니십니다."

객은 내가 온갖 시 형식으로 자신의 재주를 궁하게 하여 끝내 이길 수 없게 하려 한다고 여기고는 도리어 기교로 나를 곤란하게 하고자 하여 이렇게 말했다.

"약藥 이름으로 연구聯句를 지어 보면 어떻겠습니까?"106

내가 "좋습니다"라고 하자 객이 먼저 시를 읊었다.

전에 어찌하다 어리석게 그대 꾀에 빠졌는지? 前胡107昏謬墮君謀

---

102. **칠보시를 지은 조식** '조식'曹植은 조조曹操의 셋째아들로, 맏형인 위魏나라 문제文帝 조비曹丕가 자기를 죽이려 하자 일곱 걸음을 옮기는 사이에 시를 지어 목숨을 건졌다. 후대에 이 시를 '칠보시'七步詩라 부른다.
103. **오보시를 지은 사청** '사청'史靑은 당나라 현종玄宗 때의 인물로, 현종에게 글을 올려 옛날 조식曹植은 칠보시를 지었으나 자신은 능히 오보시五步詩를 지을 수 있다고 한바, 현종이 불러 시험해 보고 감탄하여 벼슬을 내렸다는 고사가 있다.
104. **원元·백白** 당唐의 시인 원진元稹과 백거이白居易를 말한다.
105. **물 흐르듯~찾을 수 없네** 당나라 한유韓愈의 시 「최입지崔立之에게 주다」(寄崔二十六立之)에 나오는 구절.
106. **약藥 이름으로~보면 어떻겠습니까** 이하 한시 원문에 윗점을 친 '전호'前胡, '원지'遠志 등의 약 이름을 넣어 시 구절을 만들되 '전에는 어찌', '원대한 뜻'과 같이 본래의 글자 그대로 의미를 가지도록 시를 지어 보자는 말. 이런 시는 희작시戱作詩에 해당한다.

내가 읊었다.

그 원대한 뜻은 식견 낮은 자가 알 수가 없지.　　遠志[108]誠非淺見求

내가 또 읊었다.

곤욕을 당한 뒤 더욱 지혜로워졌으니　　大困從來須益智[109]

객이 읊었다.

돌아가 마땅히 『음부경』[110]을 읽으리라.　　且當歸[111]去讀陰符

내가 말했다.
"참 좋습니다. 하지만 이런 시를 짓는 것도 좀 심상한 일 같군요. 다시 연구聯句를 짓되 이렇게 해 봅시다. 처음 두 구절에서 첫째 글자는 '나무 목木'이 들어간 글자를 쓰고, 마지막 글자는 '흙

---

107. **前胡(전호)** 사양채 혹은 바디나물이라고 하는, 미나리과의 다년초. 그 뿌리를 두통·해소·담 등을 치료하는 약재로 쓴다.
108. **遠志(원지)** 아기풀. 그 뿌리가 강장제로 쓰인다.
109. **益智(익지)** 용안육龍眼肉의 다른 이름. 용안육은 열대에서 자라는 상록교목으로 그 열매를 '용안육'이라 하여 자양제로 쓴다.
110. 『**음부경**』陰符經 도교의 경전.
111. **當歸(당귀)** 승검초. 그 뿌리를 보혈補血·강장强壯 등의 약재로 쓴다.

토土가 들어간 글자를 씁니다. 나중 두 구절에서 첫째 글자는 '물 수水'가 들어간 글자를 쓰고, 마지막 글자는 '불 화火'가 들어간 글자를 쓰고요. 그리고 나중 두 구절 중 첫 구절에 '쇠 금金' 자를 넣어 오행五行이 모두 들어가는 시를 지어 보는 겁니다. 어떻습니까?"

객이 웃으며 말했다.

"쉽지 않군요, 쉽지 않아! 하지만 그대가 짓는다면 내 어찌 안 할 수 있겠습니까?"

내가 읊었다.

　　부평초는 어디서 올까　　　　　　　　　萍從何處至

객이 한참을 고민하다가 읊었다.

　　꽃과 달 빈 집에 가득하네.　　　　　　　花月滿虛堂

객이 또 이어서 읊었다.

　　흐르는 달 그림자 술동이에 비치니　　　流影金樽照

내가 한참 고민에 고민을 거듭했지만 적당한 구절을 찾지 못하자 객이 말했다.

"다음 구절은 정말 어려운데 어쩔 겁니까?"

마침내 내가 읊었다.

맑디맑은 하얀 빛을 마시네.　　　　　　澄然飮白光

객이 혀를 내두르며 말했다.

"그대는 역시 세상에 얻기 어려운 재사才士(재주 많은 선비)로군요!"

객이 이어서 물었다.

"과거에는 이미 급제하셨습니까?"

"못했습니다. 과거 공부를 한 지는 꽤 오래되어서 동당시[112]에서 한 번 수석을 하고, 감시[113]에서 두 번 수석을 했고, 증광시[114]에 세 번 합격했지만 회시[115]에서는 번번이 떨어지고 말았습니다. 그래서 저는 시골 시험[116]은 쉽고 서울 시험[117]은 어렵다는 걸 알

---

112. **동당시東堂試** 본래 대과大科 곧 문과文科를 말하는데, 여기서는 문과의 초시初試(1차 시험)를 가리킨다. 초시에는 성균관 유생을 대상으로 한 관시館試, 서울에서 시행되는 한성시漢城試, 지방별로 시행되는 향시鄕試가 있었다.
113. **감시監試** 본래 소과小科 곧 사마시司馬試를 말하는데, 여기서는 소과의 초시初試를 가리킨다.
114. **증광시增廣試** 나라에 경사가 있을 때 기념으로 보이던 과거. 여기서는 증광시의 초시를 가리킨다.
115. **회시會試** 중앙과 지방에서 문과 초시에 합격한 사람을 서울로 모아 제2차로 보이던 시험. '복시覆試'라고도 한다. 초시와 복시에 이어 전시殿試(최종 시험)까지 모두 합격하는 것을 '과거급제'라고 한다.

았습니다."

객이 한숨을 크게 쉬며 말했다.

"허어! 그대의 문장으로 아직 과거급제를 못하셨다니요!"

"제 재주가 없는 거지, 정말 문장이 있다면 과거에 급제하지 못할 리 있겠습니까?"

"허어! 그렇지 않습니다. 과거가 공정치 못한 것이 지금보다 심한 때가 없었습니다. 벌열閥閱의 자제들은 공부가 짧은 어린아이들도 모두 높은 점수로 과거에 급제하지만, 시골의 유생은 굉장한 재주를 가진 백발노인이라도 낙방하고 맙니다. 그렇지 않다면 그대 역시 문장이 없는 분이 아니니, 대과大科는 비록 힘이 미치기 어렵다 해도 소과小科쯤은 합격하실 수 있지 않겠습니까?"

"소과는 이미 합격했습니다."

"그렇다면 그대는 정사년(1677) 사마시118에 합격하셨겠군요. 정사년 사마시 합격자 중에 지방 사람이 많았지요. 흐유, 그 까닭을 어찌 쉽게 알 수 있겠습니까. 갑인년(1674) 이래로 과거 시험장에 사욕私慾이 들끓으며 기강이 없어지더니, 요직에 있는 자들의 형제며 좋은 가문의 자제라면 글씨가 좋고 나쁘고 글을 잘하고 못하고를 가리지 않고 15~16세 이하로부터 몇 번의 감시監試

---

116. **시골 시험** 향시鄕試 곧 지방에서 보이던 초시初試를 말한다.
117. **서울 시험** 과거의 2차 시험인 회시會試를 말한다.
118. **사마시司馬試** 생원生員과 진사進士를 뽑는 소과小科를 말한다.

를 보아 이른바 '씨로 삼을 유학幼學'이 한 사람도 없게 되었습니다.¹¹⁹ 정사년에 이르러 보니 세력 있는 집안의 과거 보는 자들이 너무 적어 초시를 본 사람이 얼마 안 되었고, 이 때문에 그 해의 회시 합격자 명단에 이들이 모두 들어갔지요."

내가 말했다.

"제가 과연 정사년 사마시 합격자입니다.¹²⁰ 요사이 과거 시험장의 폐해는 대략 들은 바 있습니다만, 한미한 지방 사람이라 이끌어 주는 이가 없으니 그런 상세한 사정을 어찌 잘 알 수 있겠습니까? 우리 합격자 명단을 보아서는 전혀 당색黨色에 따라 뽑은 게 아니었고, 서울 사람은 적고 지방 사람이 많았습니다. 다른 도의 사정은 자세히 모르겠지만 우리 경우에는 같은 도에 사는 합격 동기생이 거의 40여 명에 이르렀으니, 사람들은 근래에 없던 일이라고들 했지요."

나는 그렇게 말한 뒤 물었다.

"그대도 분명 사마시에 합격하셨겠지요?"

"간신히 했습니다."

"어느 해 시험입니까?"

༺༺༺

119. **씨로 삼을~없게 되었습니다** '유학'(벼슬하지 않은 유생儒生)이 모두 과거에 합격해 유학의 씨가 말랐다는 말.
120. **제가 과연 정사년 사마시 합격자입니다** 박두세는 정사년(1677, 숙종 3)에 치러진 증광사마시增廣司馬試에 합격하였다. 『사마방목』司馬榜目에 의하면 박두세는 진사시進士試 3등 70인 중의 한 사람이었고, 당시 충청도 대흥大興에 살고 있었다.

"즉위년의 증광시[121]였습니다."

나는 웃으며 말했다.

"그대가 바로 요직에 있는 자의 형제요 좋은 가문의 자제 아닙니까? 정사년 이전에 합격했으면서 큰소리치며 그 비리를 말씀하시다니! 참으로 '함께 목욕하면서 남더러 옷을 벗었다고 나무란다'는 격이로군요?"

"그대가 합격하기 전이라 해서 아무 세력 없이 합격한 사람이 어찌 한 사람도 없겠습니까?"

그러고는 객이 웃으며 말했다.

"그대 말이 옳습니다. 두 다리를 쭉 뻗고 앉아 상을 치르는 자가 어찌 그게 잘못임을 모르겠습니까? 상중(喪中)에 음악을 듣는 자가 어찌 그게 잘못임을 모르겠습니까? 해서는 안 되는 일인 줄 알면서도 하고 나쁜 일인 줄 알면서도 하는 사람이 세상에 있는 법이지요."

내가 웃으며 말했다.

"아까 한 말은 그저 농담이었습니다."

객이 말했다.

"댁에는 아드님이 있습니까?"

"있는데 아직 어립니다. 형제는 없고, 이제 예닐곱 살 먹었습니

---

121. **즉위년의 증광시** 숙종 즉위년(1674)에 보인 증광시.

다."

"제 아들과 비슷하군요. 숫자와 방위方位 이름을 가르치셨습니까?"

"숫자는 가르쳤지만 방위 이름은 가르치고 싶지 않습니다."

"『소학』小學에 나오는 내용[122]인데 왜 가르치시 않습니까?"

"세상 사람들이 동서남북[123]을 너무도 분명히 이해하고 있지 않습니까. 저는 제 자식이 가르침을 받지 않더라도 시속에 물들까 걱정인데, 하물며 그걸 제가 가르쳐서야 되겠습니까?"

객이 웃으며 말했다.

"옛날 당나라 문종[124]은 붕당朋黨을 없애기 어려움을 한탄하며 '황하 북쪽의 외적을 없애기가 더 쉬우리라'[125]라고 말한 적이 있다지요. 모든 사람이 그대처럼 자제를 가르친다면 조정에서 붕당을 없애는 데 무슨 어려움이 있겠습니까?"

그러고는 탄식하며 말했다.

"붕당이라는 하나의 병이 이미 온 세상에 고질이 되었으니 무슨 말을 더 하겠습니까? 옛날 우승유와 이덕유[126]의 당에 오직 한

---

122. 『소학』小學에 나오는 내용　『소학』「입교」立教에 아이가 여섯 살이 되면 숫자와 방위 이름을 가르쳐야 한다는 말이 나온다.
123. 동서남북　조선의 사색四色 당파黨派를 말한다.
124. 문종文宗　당唐의 제19대 황제. 재위 827~841년.
125. 황하 북쪽의 외적을 없애기가 더 쉬우리라　문종은 "황하 북쪽의 외적을 없애기는 쉽지만, 조정의 붕당을 없애기는 어렵다"(去河北賊易, 去朝廷朋黨難)라고 말한 바 있다.

퇴지¹²⁷만이 들어가지 않았으니, 저는 한퇴지가 무슨 방법으로 그들 사이에서 물들지 않을 수 있었는지 늘 궁금했습니다. 송나라 원우元祐 연간에는 낙당洛黨과 촉당蜀黨이 서로를 배척하였거니와¹²⁸ 정이천¹²⁹은 위대한 현인이었음에도 붕당의 장본인이라는 지목을 면치 못하였으니 그 이유는 무엇이겠습니까? 한퇴지가 비록 일세의 호걸로 칭송받고 있기는 하나 그 도덕과 학문은 정이천에게 한참 미치지 못한다 할 것입니다. 그럼에도 한퇴지는 붕당에 얽히지 않을 수 있었고, 정이천은 도리어 붕당으로 지목받고 있으니, 저는 참으로 괴이한 일로 생각합니다. 다만 정이천이 붕당의 장본인이라는 지목을 받은 것은 그 문인門人들이 그렇게 만든 것이지요. 가역과 주광정¹³⁰ 같은 사람들은 모두 군자였음에도 붕당의 폐해를 면하지 못했으니, 붕당이 사람을 얽어매는 것이 참으로 심하지 않습니까! 그대 생각에는 지금 조정에서 벌어지는 청류淸流니 탁류濁流니 하는 논의가 결국 어찌 될 것 같습니까?"

내가 말했다.

෴෴෴

126. **우승유牛僧孺와 이덕유李德裕** 당나라 덕종德宗 때 각각 '우당'牛黨과 '이당'李黨의 영수로서 수십 년 동안 극심하게 대립하면서 이른바 '우이당쟁'牛李黨爭을 벌였다.
127. **한퇴지韓退之** 한유韓愈. '퇴지'는 그 자字.
128. **송나라 원우元祐~서로를 배척하였거니와** '원우'는 송나라 철종哲宗의 연호. 당시 정이程頤(정이천)를 영수로 하는 '낙당'洛黨과 소식蘇軾을 영수로 하는 '촉당'蜀黨이 서로 반목하여 치열한 당쟁을 벌였다. 정이는 낙양洛陽 사람이고, 소식은 촉蜀 사람이었기에 '낙당'과 '촉당'이라는 명칭이 생겼다.
129. **정이천程伊川** 정이程頤. '이천'은 그 호.
130. **가역賈易과 주광정朱光庭** 송나라 철종 때 낙당洛黨에 속한 인물들.

"저는 초야에 있는 사람이라 세상일에 어두운데 무슨 말할 것이 있겠습니까? 다만 제 얕은 소견으로 말해 보자면 '탁류'로 이름을 얻은 자는 필시 권세가를 추종하는 사람일 것이요, '청류'로 이름을 얻은 자는 필시 명분과 절의節義를 아끼는 선비일 것입니다. '청류'는 쉽게 물러나지만[131] '탁류'는 물리치기 어려우니 오늘날 이른바 '청류'라는 사람들은 분명히 '탁류'에 의해 배척받게 되겠지요. 그런데 쉽게 물러나는 사람은 남을 해침이 깊지 않은 반면, 물리치기 어려운 자들은 죽을 때까지 해코지하기를 그치지 않습니다. '청류'의 해는 그리 심한 데 이르지 않겠지만, '탁류'가 가져올 재앙은 이루 다 말할 수 없을 겁니다."

객이 말했다.

"이치로 보나 형세로 보나 정말 그렇겠습니다."

객이 또 물었다.

"그대는 고향 살림이 빈궁합니까? 왜 그리 옷은 해지고 말은 비루먹었는지요?"

"그렇습니다. 양자운의 가난은 쫓아도 다시 오고,[132] 한퇴지의 곤궁은 몰아내도 다시 오는군요."[133]

---

131. **'청류'는 쉽게 물러나지만** 청류는 쉽게 조정에서 물러난다는 뜻. 청류는 정치가 자신의 뜻에 맞지 않으면 쉽게 벼슬에서 물러나기에 한 말.
132. **양자운의 가난은 쫓아도 다시 오고** '양자운'揚子雲은 한나라의 문인·학자인 양웅揚雄을 말한다. 양웅이 「축빈부」逐貧賦(가난을 쫓는 글)를 지었기에 한 말이다.

객이 웃으며 말했다.

"그대는 분명 인의仁義를 말하며 길이 빈천하게 지내는 걸 좋아하는 분이군요. 저는 이런 생각을 해 본 적이 있습니다. 남자가 이 세상에 태어나 해 볼 만한 일이 세 가지 있다. 책을 읽고 이치를 깊이 따져 세상의 이름난 유학자가 되는 것이 첫째가는 일이다. 과거급제해서 이름을 날리고 부모님의 명예를 드높이는 일이 둘째가는 일이다. 이 두 가지 중 하나도 가질 수 없다면 차라리 집안일을 맡아 농사에 힘쓰며, 과거는 포기하고 재산을 늘려서 좋은 음식을 먹고 좋은 의복을 입는 것이, 평생 가난 속에 살면서 생계를 꾸릴 방법이 없어 위로는 부모님을 봉양하지 못하고 아래로는 처자식을 건사하지 못하는 것보다 좋지 않은가라고. 더구나 공자께서는 '여력이 있으면 글을 배우라'[134]고 가르치셨고, 옛날의 현인賢人들은 주경야독하였으니 글공부에 전념하면서 집안 살림을 돌보지 않는 건 장기적인 계책이 못 됩니다. 허노재[135]는 이런 말을 했지요.

'학문을 하기 위해서는 우선 생계부터 다스려야 한다. 생계가 곤란하면 학문을 하는 데 방해가 된다.'[136]

---

133. **한퇴지의 곤궁은 몰아내도 다시 오는군요**   한유韓愈가 「송궁문」送窮文(곤궁함을 보내는 글)을 지었기에 한 말이다.
134. **여력이 있으면 글을 배우라**   『논어』「학이」學而에 나오는 말.
135. **허노재許魯齋**   원元나라의 학자 허형許衡을 말한다. '노재'는 그 호다.
136. **학문을 하기~방해가 된다**   허형許衡의 문집인 『노재유서』魯齋遺書 권13에 나오는 말이다.

참으로 정곡을 찌른 말 아니겠습니까?"

내가 말했다.

"정말 통달했다고 할 만한 말씀입니다. 옛사람이 이런 말을 한 적이 있지요.

'최상은 덕을 세우는 일이요, 그 다음은 책을 저술하는 일이요, 그 다음은 공을 세우는 일이니, 이것을 세 가지 불후不朽라 한다.'[137]

그대의 말은 여기서 나온 것일 텐데 결국 태사공이 이익을 의리보다 앞세웠다고 비판받았던 일[138]을 면하지 못할까 걱정됩니다. 허창의 근재지[139]는 이런 말을 했지요.

'도道와 덕德에 뜻을 두면 공명功名이 그 마음에 누를 끼치지 못하고, 공명에 뜻을 두면 부귀가 그 마음에 누를 끼치지 못하며, 부귀에 뜻을 둘 뿐인 자라면 그 목적을 이루기 위해 하지 않는 일이 없다.'[140]

무릇 사람 된 자로서 마땅히 이 말을 법으로 삼아야 할 것입니다. 그런데 그대가 '책을 읽고 이치를 깊이 따진다'고 한 것은 세

---

137. **최상은 덕을~불후不朽라 한다** 『춘추좌전』春秋左傳에 나오는 말. 본래 『춘추좌전』에는 '책을 저술하는 일'이 '공을 세우는 일'의 다음으로 언급되어 있다.
138. **태사공이 이익을 의리보다 앞세웠다고 비판받았던 일** '태사공'太史公은 사마천司馬遷을 말한다. 사마천은 『사기』史記 「화식열전」貨殖列傳에서 부富의 중요성을 적극적으로 긍정했던바, 이 때문에 후인들은 그가 도덕적 가치보다 이익을 중시했다고 비난했다.
139. **허창의 근재지** '허창'許昌은 중국 하남성河南省의 지명이고, '근재지'靳裁之는 송나라의 학자로 허창 사람이다.
140. **도道와 덕德에~일이 없다** 근재지의 이 말은 주희朱熹의 『논어집주』論語集註 권17에 보인다.

상에서 일컫는 성리학性理學을 말하는 것입니까?"

"그렇습니다."

내가 말했다.

"성리학을 하는 사람은 반드시 두 손을 모으고 무릎을 모아 종일토록 꼿꼿이 앉아 있어야 하는데, 그렇게 하는 이유가 무엇입니까? 그렇게 하지 않으면 성리학이 안 된답니까? 옛날 성리학을 한 분 중에 공자보다 뛰어난 분이 없을 텐데, 공자께서 반드시 무릎을 단정히 모으고 꼿꼿이 앉으셨다는 말을 저는 듣지 못했습니다."

객이 말했다.

"학문을 함에 있어서는 마음을 흩트리지 않는 것이 제일의 공부입니다.[141] 마음은 살아 움직이는 것이어서 잡으면 있고 놓으면 없는바, 그 드나듦에 늘 일정함이 없습니다.[142] 기운을 모으고 정신을 바짝 차려 수습하여 지니고 있지 않으면 제멋대로 흩어지고 달아나 이르지 않는 곳이 없게 됩니다. 그리하여 혹 사악한 길로 치달리기도 하고 잘못된 길로 치달리기도 하여 짐승에 옷을 입혀 놓은 것과 다름없게 되는 경우가 허다합니다. 이 때문에 학문하는 사람은 무릎을 단정히 모으고 꼿꼿이 앉는 일을 귀하게 여깁

---

141. 학문을 함에~제일의 공부입니다 『맹자』 「고자」告子 상上에 나오는 말.
142. 잡으면 있고~일정함이 없습니다 『맹자』 「고자」 상에 나오는 말.

니다. 무릎을 단정히 모으고 꼿꼿이 앉으면 생각이 하나로 모이고, 생각이 하나로 모이면 마음이 흐트러지지 않아 덕이 날로 높아지는 법이지요. 지금 그대의 말은 잘못입니다. 걸터앉아 있는 원양을 때리신 걸 보면[143] 공자께서 두 손을 모으고 무릎을 모아 앉으셨음을 알 수 있고, 낮잠 자는 재여를 꾸짖으신 걸 보면[144] 공자께서 종일토록 꼿꼿이 앉아 계셨음을 알 수 있지요."

내가 웃으며 말했다.

"그렇습니다. 옛날 정자程子[145]께서 고요히 앉아 있는 사람을 볼 때마다 참으로 공부를 잘한다며 감탄하셨다지요. 저 역시 옛날 책을 공부하는 사람인데 학문을 함에 있어 반드시 손은 공손하게 가지며 걸음걸이는 무겁게 해야 한다[146]는 것을 왜 모르겠습니까? 다만 예부터 겉모습을 꾸며 허명虛名을 훔치는 자가 몹시 많으니, 강남의 은자와 종남산의 은자[147]는 끝내 가소로운 존재일

꽃꽃꽃

143. 걸터앉아 있는~때리신 걸 보면 공자가 친구 원양原壤이 걸터앉아 자기를 기다리는 것을 보자 그의 무례함을 꾸짖으며 갖고 있던 지팡이로 그 정강이를 때린 일이『논어』「헌문」憲問에 나온다. 옛날의 예법에 걸터앉는 것은 무례한 행동으로 간주되었다.
144. 낮잠 자는~꾸짖으신 걸 보면 공자가 제자인 재여宰予가 낮잠을 자자 이를 꾸짖은 일이『논어』「공야장」公冶長에 보인다.
145. 정자程子 정명도程明道를 말한다. 그는 동생인 정이천과 달리 정공부靜工夫, 즉 마음의 수양을 특히 중시하였다.
146. 손은 공손하게~해야 한다 『예기』禮記「옥조」玉藻에 나오는 구용九容 가운데 둘에 해당한다. 구용은 군자가 가져야 할 아홉 가지 태도를 말하는데, 나머지 일곱 가지는 다음과 같다: "눈은 바르게 뜨며, 입은 다물고 있으며, 말소리는 조용히 하며, 머리는 곧게 들며, 숨소리는 정숙하게 하며, 서 있는 모습은 의젓해야 하며, 얼굴빛은 위엄이 있게 한다."

뿐입니다."

객이 말했다.

"그대가 그렇게 말한 건 뭔가 분개함이 있어서였군요."

이렇게 이야기를 나누고 있는데 문득 객의 말이 고삐가 풀려 발길질을 해대며 심하게 날뛰어댔다. 객은 급히 하인을 불러 몹시 화를 내며 꾸짖었다.

"어쩌다 말이 저렇게 되도록 두었느냐? 내일 아침에 볼기를 맞을 줄 알아라!"

내가 말했다.

"말 여러 마리가 마구간에 한데 모여 있다 보면 서로 싸우는 게 다반사인데 왜 이리 심하게 화를 내며 말씀하십니까?"

객이 천천히 말했다.

"이게 제 병입니다. 늘 고쳐 보려 하지만 잘 안 되는군요."

"그건 어렵지 않습니다. 제가 어렸을 때 성질이 너무 급해서 가죽을 차고 다녀도 보고[148] 원추리[149]를 심어 보기도 했지만 끝내

※※※※

147. **강남의 은자와 종남산의 은자**   '강남江南의 은자'는 남북조시대 남제南齊의 공치규孔稚圭가 「북산이문」北山移文을 지어 기롱했던 가짜 은자隱者 주언륜周彦倫을 염두에 두고 한 말이 아닌가 싶으나 확실치 않다. '종남산終南山의 은자'는 당나라의 노장용盧藏用을 말한다. 노장용은 진사가 되자 종남산에 들어가 은자인 체하며 조정에서 자기를 불러 주기만을 기다렸는데 조정에서는 과연 그가 진짜 뛰어난 선비인 줄 알고 불러서 벼슬을 주었다.
148. **가죽을 차고 다녀도 보고**   가죽은 부드러우면서 질기므로 옛날에 성질이 급한 사람이 이를 허리에 차고 다니며 스스로를 경계했다.
149. **원추리**   백합과의 풀. 먹으면 근심을 잊게 만든다고 하여 '망우초'忘憂草라고도 한다.

버릇을 고칠 수 없었습니다. 그러다가 하루아침에 잘못을 깨닫고 보니 고치는 것이 퍽 쉬웠습니다. 화가 치밀려 할 때마다 '참을 인忍' 자를 생각하면 화가 나지 않고 웃음이 나오더군요. 저는 이 때문에 「아홉 가지 생각」이라는 글을 지어 책상 앞에 붙여 두고 항상 그 글귀를 보는데, 화를 억제할 뿐 아니라 무슨 일을 할 때든 유익하더군요."

객이 물었다.

"'아홉 가지 생각'이란 무얼 말합니까?"

내가 말했다.

"이 마음을 점검해서 사특한 마음이 생기려 할 때에는 '바를 정正' 자를 생각하면 제멋대로 행동하여 못된 짓을 하기에 이르지 않는다.

오만한 마음이 생기려 할 때에는 '겸손할 손遜' 자를 생각하면 오만하고 무례하기에 이르지 않는다.

사치한 마음이 생기려 할 때에는 '검소할 검儉' 자를 생각하면 사치하여 법도를 잃기에 이르지 않는다.

나태한 마음이 생기려 할 때에는 '공경할 경敬' 자를 생각하면 안일하여 날로 게을러지기에 이르지 않는다.

속이는 마음이 생기려 할 때에는 '정성 성誠' 자를 생각하면 잘못된 일을 꾸며 악을 키우기에 이르지 않는다.

이익을 탐하는 마음이 생기려 할 때에는 '옳을 의義' 자를 생각하면 남의 것을 취하여 원한을 사기에 이르지 않는다.

말하고자 할 때에는 '침묵 묵默' 자를 생각하면 욕된 일을 초래하여 말썽을 일으키기에 이르지 않는다.

행동하고자 할 때에는 '굳을 응凝' 자를 생각하면 경거망동하여 체모를 잃기에 이르지 않는다.

화가 나려 할 때에는 '참을 인忍' 자를 생각하면 생각 없이 급히 말하거나 낯빛을 어지럽히기에 이르지 않는다."[150]

객이 내 말을 듣고 이렇게 말했다.

"그대의 '아홉 가지 생각'은 참으로 자신을 깊이 반성하는 것이라 할 만합니다."

그러더니 웃으며 또 말했다.

"그대는 '아홉 가지 생각' 중 여덟 가지는 능하지만 한 가지는 능하지 못하군요."

"무슨 말씀입니까?"

"그대가 속임수를 써서 나를 속이던 때에는 왜 '정성 성誠' 자를 생각하지 않았습니까?"

---

150. 사특한 마음이~이르지 않는다 『논어』「계씨」季氏에 나오는 '구사'九思를 확대·변형한 내용이다. 『논어』의 '구사'는 다음과 같다: "군자에게는 아홉 가지 생각함이 있으니, 밝게 보기를 생각하며(視思明), 밝게 듣기를 생각하며(聽思聰), 얼굴빛은 온화하기를 생각하며(色思溫), 용모는 공손하기를 생각하며(貌思恭), 말은 충실하기를 생각하며(言思忠), 일하는 것은 경건하기를 생각하며(事思敬), 의심스러울 때에는 묻기를 생각하며(疑思問), 화가 날 때에는 닥처올 어려움을 생각하며(忿思難), 얻는 것을 보면 의義를 생각한다(見得思義)."

나는 그 말에 껄껄 웃으며 말했다.

"그대는 나한테 속임을 당한 데 단단히 삐쳐서 잊을 수가 없나 봅니다."

객이 웃으며 말했다.

"그대는 나를 쩨쩨한 사람이라고 생각하시는군요. 그 일이야 개의할 것 있겠습니까. 속인 사람이 잘못이지, 속은 사람이야 떳떳하지요. 연못을 맡은 말단관리가 자산子産보다 지혜로웠겠습니까마는 자산은 말단관리에게 속고 말았으니[151] 술수를 부려 속인다면 누군들 속지 않을 수 있겠습니까?"

마침내 함께 웃고 대화를 끝냈다. 같이 자고 일어나 보니 동방이 이미 훤했다. 섭섭한 마음으로 작별하여 각자의 길로 떠났는데, 객은 끝내 내가 누구인지 알지 못했고, 나 역시 끝내 객이 누구인지 알지 못했다.

---

151. **연못을 맡은~속고 말았으니** '자산'子産은 춘추시대 정鄭나라의 대부大夫로서 공자도 칭찬할 만큼 어진 인물이었다. 자산은 살아 있는 물고기를 선물받고 연못을 관리하는 말단관리에게 주어 연못에 기르게 하였는데, 말단관리는 물고기를 삶아 먹고 자산에게 다음과 같이 거짓 보고를 했다. "처음에 고기를 놓아 주자 제대로 몸을 가누지 못하더니 차츰 몸을 펴며 유유히 헤엄쳐 나아갔습니다." 그 말에 자산이 몹시 기뻐하자 말단관리는 "누가 자산을 지혜롭다 했던가?"라고 했다. 『맹자』「만장」萬章 상上에 나오는 고사이다.

작품 해설

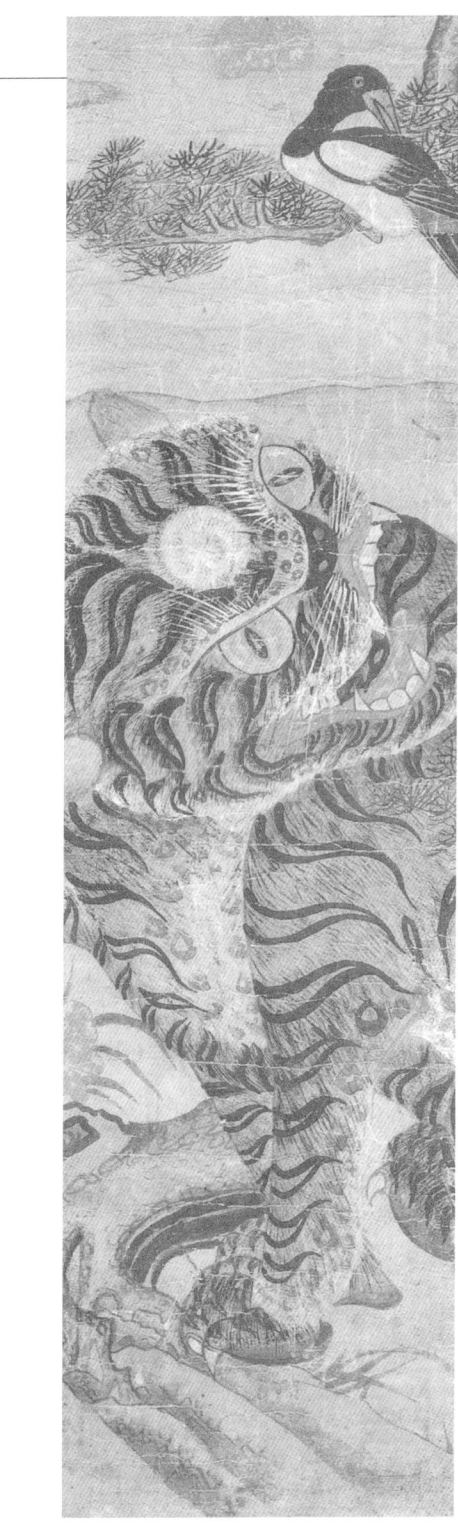

이 책에 실린 일곱 편의 작품은 가벼운 웃음 혹은 의미심장한 웃음을 주는 소설들이다. 이 작품들은 조선 후기에 한문으로 창작되었다. '웃음'이라는 게 본래 화합의 기능도 있지만 세상을 비틀고 꼬집는 기능도 있는 만큼 이 중 상당수의 작품은 세태를 고발하고 풍자하며 예리한 방식으로 주요한 사회 문제를 제기하고 있다. 그러나 그러한 작품들 역시 엄숙함 내지 무거움에 짓눌리지 않은 모습이어서 유쾌한 마음으로 읽을 수 있다. '웃음'의 힘이다.

▪▪▪ 「이홍전」李泓傳은 이옥李鈺(1760~1812)이 지은 작품이다. 이옥은 문무자文無子·매화외사梅花外史·경금자絅錦子 등 여러 개의 호를 사용했다. 이옥은 인정세태를 생동감 있고도 섬세하게 묘사하는 '패사소품'稗史小品을 잘 지어 높은 명성을 얻었다. '패사소품'이란 기발한 구상과 참신한 표현을 갖춘 짧은 소설이나 산문을 말하는데, 18세기 조선의 젊은 문인들 사이에 크게 유행했다. 이옥은 그러나 자신의 장기였던 패사소품 때문에 정조의 문체반정文體反正에 걸려 유배가게

되었고, 평생을 벼슬하지 못한 채 불우하게 지내야 했다. 하지만 이옥은 이후에도 자신의 창작 스타일을 바꾸지 않았고, 결과적으로 「이홍전」과 같이 당시 시정市井에서 살아가는 여러 부류의 인간형을 패사소품에 담아내는 등 훌륭한 문학 작품을 여럿 남겼다. 『문무자문초』文無子文抄, 『매화외사』梅花外史, 『도화유수관소고』桃花流水館小藁 등의 저서가 전하는데, 「이홍전」은 『도화유수관소고』에 실려 있다.

「이홍전」은 사기꾼 이야기다. 조선 후기에 상업이 발달함에 따라 시정 주변에 이홍과 같은 부류의 사람들이 서식할 수 있었고, 그들과 관련한 이러저러한 이야기가 사람들의 흥미를 끌면서 유포되던 중 다양한 형식의 글로 기록되었던 듯하다. 「이홍전」은 특히 서구의 '피카레스크 소설'picaresque novel과 유사한 면모를 보여 준다. 건달 혹은 악한을 내세워 짤막한 에피소드를 나열하는 방식이 흡사해서 서로 비교해 볼 만하다. 이홍은 사기꾼이지만 밉살스럽게만 보이지는 않는다. 그 이유는 이홍에게 속은 자들을 선의의 피해자로 볼 수 없기 때문이다. 이홍에게 속은 자들은 죄다 탐욕스럽거나 공짜 내지 부당한 이익을 바란다. 예나 지금이나 사기 사건의 이면에는 이처럼 허황된 욕심이 자리 잡고 있는 경우가 많다.

▪▪▪ 「오유란전」烏有蘭傳은 춘파산인春坡散人이라는 호를 가진 이가 지은 소설이다. '춘파산인'이 누구의 호인지는 아직 밝혀지지 않았고, 다만 안동 사람이라는 사실이 알려져 있을 뿐이다. 19세기 작품으로 추정된다.

「오유란전」은 성적 욕망과 관련된 인간 본성의 한 측면을 풍자하고 있는 작품이다. 엄숙하고 경직되어 있는 인간 존재를 경쾌한 웃음을 통해 풍자함으로써 그 '경직성' 내지는 '외면과 내면의 불일치'를 바로잡고자 하는 의도가 강하다.

한편 이 작품은 기본적으로 「이생규장전」李生窺墻傳('천년의 우리소설' 제6권 수록)이나 「운영전」雲英傳('천년의 우리소설' 제1권 수록)과 같은 전기소설傳奇小說의 관습을 수용하여 창작되었으나, 시대의 변천에 따라 야담이나 판소리 등의 영향을 받아들여 소설 양식에 변화를 가져온 점이 특징적이다. 원혼과의 애절한 사랑이 귀신 소동으로 패러디되는 대목, 주인공이 속임수에 빠져 나체 소동을 벌이는 대목 등 작품 속에서 웃음을 유발하는 장면은 대부분 전기소설과는 이질적인 요소가 침투한 대목에 해당한다. 빼어난 전기소설의 대다수 작품에 '숭고미'나 '비장미'가 깃들어 있는 데 반해, 「오유란전」은 특이하게도 '골계미'를 보여준다.

■■■ 「금강산의 신선놀음」은 안서우安瑞羽(1664~1735)가 1687년에 지은 작품이다. 안서우는 저명한 실학자 안정복安鼎福의 조부로, 호는 양기재兩棄齋이다. 1694년 문과에 급제하여 예조정랑, 울산부사, 첨지중추부사僉知中樞府事(정3품 벼슬) 등을 지냈다. 「유원십이곡」楡院十二曲을 비롯하여 19수의 시조를 남겼으며, 문집 『양기재유고』兩棄齋遺稿가 전한다.

「금강산의 신선놀음」의 원제목은 '금강탄유록'金剛誕遊錄으로, 『양기재유고』에 실려 전한다. '금강탄유록'은 '금강산에서의 황당무계한 놀음을 기록한 글'이라는 뜻이다.

이 작품은 17세기 이래로 유행하던 '신선전'神仙傳(신선 혹은 불로장생을 추구하는 이를 주인공으로 한 전傳)을 뒤집어 놓은 것이다. 허황되게 신선사상을 붙좇는 이들의 미망迷妄을 풍자한 것인데, 조롱의 정도가 너무 심해서 가혹해 보일 정도이다.

이 작품은 박지원의 「김신선전」金神仙傳과 비교해서 읽어 봄직하다. 「금강산의 신선놀음」이 신선을 추구하는 이들을 혹독하게 비판하고 있다면, 「김신선전」에는 신선을 좇는 무리란 별스런 존재가 아니라 현실에서 뜻을 얻지 못한 울울한 자들일 뿐이라며 신선을 추구하는 이들에 대하여 연민의 시선을 보내고 있다.

▪▪▪▪ 「환관의 아내」는 임매任邁(1711~1779)가 지은 작품이다. 임매의 호는 난당蘭堂 혹은 보화재保龢齋이다. 임매는 17세기의 야담집 『천예록』天倪錄을 창작한 수촌水村 임방任埅의 손자로, 용담현령龍潭縣令과 부여현감을 지냈다. 저술로는 야담집인 『잡기고담』雜記古談이 전한다. 「환관의 아내」의 원제목은 '환처'宦妻로, 『잡기고담』에 실려 있다.

이 작품은 여주인공인 '환관의 아내'의 시점으로 서술된 점이 우선 특이하다. 작품의 여주인공은 적극적이고 진취적인 캐릭터를 가지고 있다. 이러한 여성상은 야담이나 전기소설에서도 드물지 않게 찾아볼 수 있지만, '환관의 아내'가 가진 독특한 점은 여성의 정욕情欲을 보는 시각에 있다. 이 작품에서 여성의 정욕은 엄숙주의 아래 억누르거나 금기시되어야 할 것이 아닌 자연스러운 것으로 취급된다. 여타의 작품들에서 보기 어려운 썩 진취적인 입장을 개진하고 있는 것이다. 나름의 메시지를 담고 있으면서도 재미난 이야깃거리와 여주인공의 유머러스한 캐릭터가 잘 어우러져 흥미롭게 읽힌다.

■■■ 「호질」虎叱과 「양반전」兩班傳은 박지원朴趾源(1737~1805)이 지은 작품이다. 박지원은 조선 후기의 문호이자 실학자로, 호는 연암燕巖이다. 저서로는 문집인 『연암집』燕巖集과 중국기행문인 『열하일기』熱河日記가 전한다.

'호랑이의 꾸짖음'이라는 뜻의 「호질」은 『열하일기』의 「관내정사」關內程史 속에 들어 있다. 박지원은 「관내정사」에서 이 글이 북경北京 부근의 옥전현玉田縣에 있는 심유붕沈有朋이라는 사람의 점포 벽에 걸려 있던 글을 베낀 것이라면서 후반부에 제대로 베끼지 못한 곳이 있어 자신이 가필했다고 했다. 작품 내용 중에 사람과 만물의 본성이 같다는 생각, 오행설五行說에 대한 부정적인 생각 등 평소 박지원의 사상이 잘 반영되어 있는 점을 감안할 때 「호질」은 박지원이 애초에 본 중국인의 글에 상당한 가공 작업을 통하여 구체성과 사상을 부여한 결과 탄생한 작품이 아닐까 한다. 이렇게 본다면 「호질」의 작자는 박지원이라 해도 좋을 것이다.

「호질」은 호랑이의 입을 빌려 위선적인 선비를 신랄하게 비판하고 있다. 그뿐 아니라 「호질」은 '인간' 그 자체에 대해서도 깊은 반성과 성찰을 제기하고 있다. 동물의 편에서 인간의 행태를 성찰함으로써 인간이 지닌 잔인성과 탐욕, 그 자기중심성을 고발하고 있는 것이다. 이 점에서 「호질」은 위선적 선비에 대한 비판이면서 동시에 인간에 대한 철학적이고 문명론적인 통찰과 비판을 담고 있다 할 수 있다. 「호질」의 이런 면모는 인간과 생태계의 조화, 인간과 다른 생물의 공존을 추구하는 방향으로 새롭게 세계관을 정립해 가야 할 오늘날의 상황에서 더욱 빛을 발하는 것으로 보인다. 「양반전」은 막대한 빚을 져서 감옥에 갇힐 형편에 놓인 가난한 양반이 마을의 부자에게 양반 신분을 팔 결심을 하면서 이야기가 시작된다. 박지원은 서문에서 "문벌과 지체를 재화로 삼아 대대로 이어 온 덕을 팔아먹는다면 장사꾼과 무엇이 다르겠는가?"라며 「양반전」의 창작 동기가 양반 신분을 판 가난한 양반을 힐난하는 데 있는 것처럼 말했다. 하지만 작품의 전개 방향은 그 창작동기와 꽤 거리가 있다. 이 작품의 가장 큰 묘미는 군수가 작성한 두 번째 증서 내용과 그에 대한 부자의 반응에 있기 때문이다. 부자는 양반의 무위도식하는 모습이며 양반이 저질러도 된다는 온갖 횡포를 듣다 말고 장차 나를 도적으로 만들 셈이냐며 손사래를 치고 떠난 뒤 죽을 때까지 다시는 양반이 되겠다는 말을 하지 않았다고 하니, 양반 박지원의 자기비판이 매우 신랄하다 하겠다.

■■■■ 「요로원야화기」要路院夜話記는 박두세朴斗世(1650~1733)가 지은 작품이다. 박두세는 조선 후기의 문신으로, 호는 동암東巖이며, 충청도 대흥(지금의 충남 예산군 대흥면) 출신이다. 천안·순천·울산 등지의 지방관을 거쳐 지중추부사知中樞府事(정2품 벼슬)에 이르렀다. 저서

로는 한자의 음운을 연구한 책인 『삼운통고보유』三韻通考補遺가 전한다.
「요로원야화기」는 아직 일반에 널리 알려져 있지는 않지만 작품 수준이 매우 높은 문제작이다. 우리 소설사에 처음 보이는 1인칭 주인공 시점의 형식도 기억할 만하거니와 '어수룩한 체하면서 속이기'의 미학이 압권이다. 작품의 전반부에서 이를 통해 시골양반과 서울양반의 행태와 그 대립적 면모가 제시되는 한편 시골양반을 깔보는 서울양반에 대한 풍자가 이루어지고 있다. 19세기의 김삿갓에 앞서 한시를 놀이로 삼고 있는 대목도 흥미롭다.

작품 후반부에서는 당대 조선 사회의 여러 시사 문제를 비판하고 있는데, 그 내용이 퍽 의미심장하다. 중앙의 소수 가문이 과거 합격을 독점하는 현상, 사색당파의 폐해, 재산 증식의 문제, 허식으로 변질되어 가는 학문의 문제 등이 토론 주제로 제시되는데, '나'와 '객'客은 의견이 일치할 때도 있고, 일치하지 않을 때도 있다. 의견이 일치하지 않을 경우에는 꼭 어느 한쪽이 옳다는 식으로 몰아가지 않고 두 주장을 나란히 보여 줌으로써 독자의 판단에 맡기는 태도를 취한 점이 특이하다.

이 작품은 결국 대화로 시작해서 대화로 끝나는 셈인데, 전반부의 대화가 우월한 위치에 있는 '나'가 '객'을 놀림감으로 삼는 '불평등한 대화'라면 후반부의 대화는 정해진 우열 없이 두 인물이 대화하고 있다는 점에서 '진정한 대화'라고 할 수 있다.

전반부의 대화는 기고만장한 '객'을 영리한 '나'가 용의주도하게 속이는 데서 유쾌함을 자아낸다. 후반부의 대화는 당대 현실의 모순을 보여 주는 심각한 내용이지만, 이미 전반부에서 형성된 유쾌함을 바탕으로 깔고 있기에 무거운 주제를 경쾌하게 전달하는 데 성공한 것으로 보인다.

작품 전편에 걸쳐 풍자와 유머, 아이러니가 돋보이는데, 특히 아이러니를 통해 작자의 지적 태도, 대상에 대한 냉철한 거리 두기, 유연한 균형 감각 등을 확인할 수 있다. 이러한 면모는 한국 고전소설 전체를 통틀어 꽤 희귀한 것으로서 이 작품의 문학적 가치를 한층 드높이고 있다.

웃음은 세상을 조화롭게 만들기도 하지만 현실을 비판하는 도구로도 쓰인다. 한바탕 신명 나는 웃음이 있는가 하면 뼈 있는 웃음도 있고, 대단한 공격성을 지녀 독기를 내뿜는 웃음도 있다. 이 책에 담긴 다양한 웃음을 통해 옛사람들의 넉넉한 풍모와 날카로운 지성의 일면을 엿볼 수 있을 것이라 생각한다.

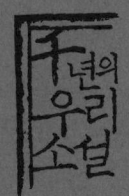